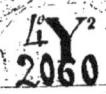

4° Y²
2060

I0634279

LES
MÉMOIRES DE LISETTE

RECUEILLIS PAR

TIMOTHÉE TRIMM

PRIX **3** FR.

PARIS
E. GENNEQUIN FILS, LIBRAIRE

11, RUE GIT-LE-CŒUR, 11

LES MÉMOIRES

DE

LISETTE

RECUEILLIS PAR

TIMOTHÉE TRIMM

DÉPÔT LÉGAL
1877

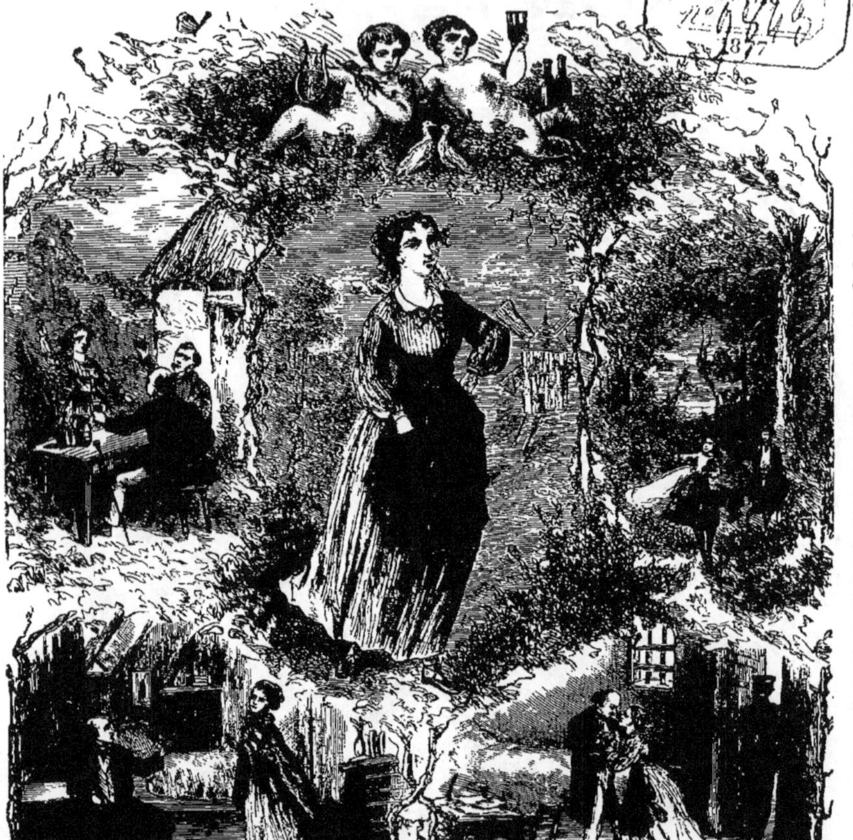

PARIS. — E. GENNEQUIN FILS, LIBRAIRE

11, RUE GIT-LE-CŒUR, 11

ÉDITÉ PAR J. ROUQUETTE

1

PRÉFACE

Il y a quelques mois, s'éteignait obscurément, dans une petite commune du département de l'Eure, où elle s'était retirée depuis cinq ou six ans, une des célébrités de la première moitié du XIXᵉ siècle, une femme dont le nom ou plutôt le *pseudonyme* bruissait sur les lèvres des jeunes hommes et des belles filles d'il y a vingt ans, comme un gazouillement d'oiseau.

L'époque n'est pas bien éloignée de nous — quoique nous paraissions en être séparés par un abîme — où la chanson, la vraie chanson française, la chanson gaie, amoureuse, épicurienne, avec sa pointe de gauloiserie, quand il s'agissait d'affaire de cœur, et son souffle patriotique, quand elle s'élevait d'un coup d'aile à la hauteur d'un hymne national; le temps n'est pas bien loin, où la chanson se mêlait à tout et de tout.

Il n'y avait pas alors de réunion, de banquets, de repas d'amis ou de société, de dîners de famille, de soupers au cabaret, de déjeuners sur l'herbe, sans beaucoup de chansons.

On chantait aux baptêmes, on chantait aux noces, on chantait aux fêtes, aux anniversaires; il était admis qu'un invité devait payer son écot en chansons, à la table de l'ouvrier comme à la table du gros bourgeois, et le nom qui y revenait le plus souvent, le nom qui jaillissait d'une bouche vermeille, au moment où le vin mousseux jaillissait du goulot coiffé d'argent, c'était le nom de Lisette :

LA LISETTE DE BÉRANGER !

Nous l'avons nommée, cette célébrité anonyme, cette fée gracieuse et mutine de la chanson française, disparue il y a quelques années à peine, de la scène du monde; mais la bonne et charmante fille, dont le minois chiffonné et la voix un peu égrillarde avaient des éclats de rire et des refrains si populaires, était tellement oubliée d'une génération nouvelle, que sa mort, survenue comme nous l'avons dit en commençant cette courte notice, dans une petite commune d'un département voisin, à vingt lieues de Paris, n'a pas même eu les honneurs de ces deux lignes nécrologiques que les grands journaux consacrent au moindre grimaud, pour peu qu'il ait pendant vingt-quatre heures, attiré à un titre quelconque l'attention de la foule.

Hélas ! c'est que, lorsque Lisette s'est éteinte, bonne vieille de

quatre-vingt-dix ans ; quand Lisette est descendue dans la tombe, la chanson était morte depuis longtemps, tuée par l'opérette.

Lisette, elle le dit elle-même dans ses Mémoires, Lisette n'était qu'un voile de gaze jeté sur le véritable nom de la première et de la plus ancienne amie de Béranger.

Ce voile, nous n'avons pas encore le droit de le soulever. A quoi bon, d'ailleurs ? Qu'importe le nom de famille de Lisette et de Frétillon ? Que Lisette se soit appelée Léonie Giraud... ou Adèle Martin... ou Marie Aubert... qu'elle ait dû le jour à un paysan de la Beauce, à un rentier de Coulmiers, ou à un petit marchand de la rue Saint-Denis : ce qui intéresse vraiment le public, ce sont ses années passées auprès de l'Anacréon et du Tyrtée français, les souvenirs qu'elle a recueillis d'une époque où le cœur de la France battait avec tant de force, où son âme nourrissait de si belles illusions et de si nobles pensées ; où le peuple, dans un couplet de chanson, entrevoyait un monde nouveau, le monde de l'amour, de la justice, de la fraternité des peuples, de l'humanité pacifiée :

> Peuples, formez une Sainte-Alliance,
> Et donnez-vous la main !

Aujourd'hui, comme nos refrains ne sont plus que des cascades, ils ne nous font plus songer qu'à des cascadeuses.

Ces souvenirs de Lisette qui couvraient de leurs pattes de mouche un gros cahier de papier écolier, trouvé parmi les reliques de la chère morte, une bonne fortune les a fait tomber entre les mains d'un de nos écrivains les plus populaires, Timothée Trimm.

Timothée Trimm les a coordonnés, les a mis en ordre ; car Lisette qui savait aimer, chanter, boire et rire, et même au besoin faire une reprise au vieil habit noir du poëte, Lisette était moins experte dans l'art de faire un livre.

. Le livre dont nous venons d'écrire la préface est donc beaucoup le livre de Lisette, puisque Lisette en est l'auteur, et un peu le livre de Timothée Trimm, puisqu'il en est le parrain et le reviseur.

Personne ne se plaindra de cette charmante collaboration, et tout le monde en reconnaîtra les heureux effets, dans une œuvre où abondent l'esprit, le cœur, la gaîté, le sentiment, les saillies, les souvenirs intimes, les profils d'hommes célèbres, les anecdotes, les piquantes révélations.

Maintenant la parole est à Lisette.

A. M.

LES MÉMOIRES

DE

LISETTE

CHAPITRE PREMIER

Le Faiseur de Chansons. — La Lise de Voltaire et la Lisette de Béranger. —
Un mot de Jules Janin. — Lisette pose *pour l'ensemble.* — Madame Grégoire.
— Mademoiselle Judith Frère. — La vraie Grisette. — Lisette *pinxit.*

Ceci est l'histoire vraie, l'histoire vécue d'un *Faiseur de Chansons*, ainsi que s'intitule lui-même Béranger, le chansonnier national, racontée par une vieille femme qui eut ses jours de jeunesse, de soleil et de roses épanouies.

C'est un témoin de sa vie, une confidente aimée, qui, en évoquant ses souvenirs, va repeupler le passé et faire vibrer encore les heures de gaîté envolées du grenier du poëte.

On a prétendu que *Lisette* n'avait jamais existé autrement que dans l'imagination de Béranger ; que la Minerve de la Folie n'était jamais sortie de la tête du poétique Jupiter.

Des savants ont même expliqué comment Lisette venait en droite ligne des amours de Voltaire, sautillant jusqu'à nous sur les poudreux volumes de l'Encyclopédie.

En ce temps-là elle s'appelait Lise. — Nous avons depuis rapproché les distances et allongé les noms.

> Lise, qu'est devenu le temps
> Où dans un fiacre, promenée, etc., etc.

Et Béranger répondait aux doctes interrogateurs avec son fier sourire :

— Eh bien, Voltaire et moi nous avons eu les mêmes amours et la même maîtresse. — Depuis Madame Adam....., toutes les femmes se ressemblent.

D'autres ont fait de cette « amie » que chantait déjà Béranger dans son « *Grenier* » une personnification des amours de la folle jeunesse, comme s'il était bien prouvé que la jeunesse ait le monopole absolu de l'exaltation et de la folie.

— C'est, disaient-ils, une tradition parmi les chansonniers ; tradition empruntée au xviiie siècle. — Chaulieu même a chanté une Lisette, et le *Mercure de France* en regorge.

Si Béranger eût voulu répondre à ces méchantes chroniques, même en vers, il eût facilement prouvé qu'une Lisette de plus dans la grande famille de la Chanson ne pouvait pas y apporter un tel trouble, qu'on eût à déplorer sa présence à ses côtés.

Je veux bien, en somme, n'être pas entièrement la Lisette dont le chansonnier a parfois tracé un singulier portrait.

Il y a des traits pleins de malice et d'esprit gaulois dont je ne tiens pas précisément à revendiquer l'inspiration.

Et comme en cette matière on pourrait me taxer de partialité, je veux donner la parole à mon meilleur défenseur, à Béranger lui-même.

Celui-là me connaissait bien, il m'avait étudiée de si près, comme font tous les peintres qui ont la vue basse...

Voici comment à cinquante ans il me prenait la défense de ses amours.

Il s'adressait à une femme :

— « Ah ! ma pauvre amie, que nous entendons l'amour
« différemment ! Vous avez donc une bien mauvaise opinion de
« cette pauvre Lisette ?

« Elle était cependant si bonne fille, si folle et si jolie, et si
« tendre !

« Quoi donc ! vous vous fâchez contre elle, parce qu'elle avait
« une espèce de mari qui prenait soin de sa garde-robe ? Ah ! si

« vous l'aviez vue, à coup sûr vous n'auriez pas le courage de
« la gronder. Elle se mettait avec tant de goût !

« Tout lui allait si bien ! D'ailleurs elle n'eût pas mieux
« demandé que de tenir de moi ce qu'elle était obligée d'ache-
« ter d'un autre...

« Dites ! comment faire ? elle et moi nous étions si pauvres !

« La plus petite partie de plaisir me forçait à vivre de panade
« que je faisais moi-même, entassant rime sur rime et tout
« gonflé de l'espoir de ma gloire à venir.

. . . .

« Croyez-moi, ma chère amie, employez bien le temps qui
« vous reste ; aimez et laissez-vous aimer, j'ai bien connu ce
« bonheur : c'est le plus grand de la vie. »

Jules Janin, que j'ai un peu connu, disait à propos de ces
conseils, que Béranger avait l'accent d'Horace s'écriant :

« O ! ma bonne Cinare, ai-je assez aimé ton règne heureux ! »

Janin citait volontiers Horace. Il partageait cette innocente
manie avec feu Louis XVIII.

Voilà donc mon *état civil* bien établi...

Je suis et reste Lisette, la folle amie, la muse gaie de Béranger.

Un philosophe n'a-t-il pas dit :

— Je pense, donc je suis ?

Je vous présente tout ouvertes les œuvres complètes du
chansonnier, chers lecteurs, et m'écrie :

— Il m'a chantée, donc je suis !

Notez bien que le type aimé d'un poëte est toujours un composé de bien des individualités, même quand il croit n'en
prendre qu'une seule.

Le sculpteur qui tire une Vénus d'un bloc de marbre blanc
de Carrare a eu dix modèles pour créer son Amphitrite ou sa
Danaé.

Mais c'est bien moi qui ai prêté l'esprit de la femme au populaire chansonnier.

J'ai, comme disent les peintres, *posé pour l'ensemble*.

Je sais bien, hélas ! que j'eus de nombreuses rivales et que

Mme Grégoire, entre autres, a bien pu faire passer de bons quarts d'heure « dans son cabaret » à mon poëte aimé.

Mais je suis, de caractère et d'esprit, fort peu jalouse.

> Et ma foi je m'en ris,
> Tant je suis bonne fille.

On a bien imaginé aussi de donner ce nom de Lisette à une fidèle amie et à la compagne dévouée du vieux Béranger, à Mlle Judith Frère.

Mais si Mlle Judith a pu inspirer comme moi le poëte, il l'a chantée avec le respect que commandait son dévouement.

Il pensait à elle, je veux bien l'avouer, quand dans *l'Ange exilé*, il s'écriait :

> « Ange aux yeux bleus, protégez-moi toujours; »

C'était à ses qualités domestiques qu'il adressait ce couplet de *A mon habit*,

> A ton revers j'admire une reprise
> C'est encore un doux souvenir.
> Feignant un soir de fuir la tendre Lise,
> Je sens sa main me retenir.
> On te déchire, et cet outrage
> Auprès d'elle enchaîne mes pas.
> Lisette a mis trois jours à tant d'ouvrage :
> Mon vieil ami ne nous séparons pas.

Cette Lisette-là, c'était peut-être bien Mlle Judith, une charmante blonde aux yeux bleus, à la voix sympathique et à l'allure un peu fière, qui avait posé pour permettre à Béranger d'en fixer les traits.

On voit que j'ai l'âme bonne et que je sais rendre justice à une de mes rivales.

Cependant je ne puis m'empêcher de constater ici qu'il m'est arrivé aussi bien des fois de repriser moi-même l'habit du poëte.

Arrivée de Béranger chez sa tante.

Mais la grisette joyeuse, folle, légère, sans façons, celle dont il parle dans la *Vertu de Lisette* en disant :

> Le barreau, l'Eglise et les Armes
> De ses yeux noirs font très-grand cas;

Celle qui prend rosaire et bourdon pour sabler le bourgogne
et l'aï avec un abbé galant;

Celle qui a fait dire au chansonnier philosophe :

> J'ai su depuis qui payait sa toilette,

Ah! celle-là, c'est moi, c'est bien moi, la folle du logis, l'enfant gâtée du maître, infidèle et tapageuse, sa confidente intime . . . . . et indiscrète.

Ce que Béranger cachait à ses amis les plus illustres et les
plus chers, il me le disait inconsciemment.

Ce qu'il dérobait à la perspicacité fraternelle de son autre
amie, je le surprenais malgré lui.

Lisette, n'est-ce pas, sans conséquence?

Et voilà comment mes souvenirs peuvent faire revivre cette
image aimée et populaire du chansonnier national.

On pourra inscrire au bas de ce petit tableau à la Lancret :

LISETTE PINXIT.

CHAPITRE II.

Lisette raconte les premières années de Béranger. — Le tailleur de la rue
Montorgueil. — L'aiguille de Lisette. — Les paniers en noyaux de cerises.
La prise de la Bastille. — Le voyage de Péronne. — Impression de la Révo-
lution sur Béranger. — La fraternité des peuples. — Le 18 Brumaire. —
Lisette fait un peu de politique. — Un coup de foudre. — L'apprenti imprimeur.
Les premiers vers de Béranger. — Le poëte-banquier. — La matinée infer-
nale. — Béranger dans la rue Saint-Nicaise.

Comme Molière, comme Voltaire, comme Beaumarchais,
cette puissante trilogie du rire français, Béranger vit le jour

Dans ce Paris plein d'or et de misère.

Il en était tout heureux et tout fier.

— Si l'on choisissait son berceau, me disait-il, j'aurais choisi
Paris, qui n'a pas attendu notre grande Révolution pour être la
ville de la liberté et de l'égalité, et celle où le malheur rencontre peut-être plus de sympathies;

Et puis Paris produit une fleur charmante — la Parisienne.

Sa mère, délaissée après six mois de mariage, se retira dans
sa famille, et ce fut chez le bonhomme Champy, tailleur, rue
Montorgueil, que Béranger vint au monde.

Cette venue ne se fit même pas sans difficultés, et quand,
plus tard, le succès ne répondait pas aux tentatives du poëte, il
disait plaisamment :

— Rien ne m'a été facile encore, pas même de naître.

Fils d'un tailleur, il ne sut cependant jamais coudre de sa
vie, et je me souviens lui avoir fait souvent bien peur de mon
aiguille, quand elle devenait dans mes mains une arme défen-
sive.

Béranger, un peu élevé à la diable, abandonné par son père,

qui menait une vie assez misérable en Belgique ; presque oublié par sa mère, — qui n'avait pas pour son enfant une affection telle qu'elle primât les plaisirs ; — gâté enfin par ses grands parents, qui n'avaient aucune autorité sur le paresseux enfant, Béranger passait son temps à faire des découpures, des dessins, des petits paniers avec des noyaux de cerises, délicatement évidés et ciselés.

Mais il n'apprenait rien, pas même à lire.

Cependant, en 1789, son père revint à Paris, et il décida que son fils serait mis dans une pension du faubourg Saint-Antoine.

Du haut des toits de cette maison il assista à la prise de la Bastille.

— C'est le seul enseignement que j'y reçus, disait-il souvent.

Mais ce souvenir fut vivace, et longtemps il eut le rayonnement du soleil éclatant de cette grande journée.

Heureusement pour lui, il dut bientôt quitter cette pension où, pour toutes connaissances, il avait fait celle de Favart, le fondateur de l'Opéra-Comique, l'auteur de la *Chercheuse d'Esprit*, des *Trois Sultanes*, d'*Annette et Lubin*, que le maréchal de Saxe avait institué le chansonnier de l'armée..... un peu grâce à une autre Lisette, la rose du siècle dernier.

C'était quelque chose, mais un peu d'écriture et de lecture n'aurait pas mal fait dans le programme des études.

Il fut envoyé par son père, devenu notaire à Durtal, chez une de ses sœurs, qui tenait une auberge à Péronne.

Cette excellente femme, républicaine ardente, autant que fervente - catholique, accueillit son pauvre neveu abandonné, et lui fit apprendre à lire, à écrire, à calculer.

Le spectacle grandiose et terrible de la Révolution menacée aux frontières par l'Europe coalisée, le passage fiévreux et enthousiaste des volontaires et des habits bleus, le canon d'alarme annonçant les dangers de la patrie, les salves joyeuses éclatant à nos premières victoires: c'était là le vrai livre dans lequel Béranger devait apprendre cet ardent amour de la patrie qui, à soixante ans, avait grand'peine à ne pas se traduire encore en exaltation généreuse.

— Il faut, disait-il en souriant aux étonnements de ses auditeurs, il faut tout ce qu'il y a en moi d'amour de l'humanité et de raison éclairée par l'expérience, pour m'empêcher de lancer contre les peuples, nos rivaux, les mêmes malédictions que leur prodiguait ma jeunesse.

C'est qu'à cette époque le cosmopolitisme démocratique était en faveur.

Les souvenirs des jours douloureux étaient loin et rien ne faisait présager, dans un prochain avenir, des désastres semblables à ceux des deux années de 1814 et de 1815. Mais le bon sens du chansonnier l'éclairait sur ce coupable sommeil du patriotisme.

La fraternité des peuples lui paraissait une utopie, tant que l'intérêt de la politique et des chefs d'État pourrait armer des sujets.

Ainsi philosophiait le patriote.

Mais, puisque je suis sur ce sujet, je dirai quelques mots d'un reproche qu'on lui adressa dans les derniers temps de sa vie.

On lui faisait un grief de son ancienne prédilection pour Napoléon Iᵉʳ, dont il avait applaudi le coup d'État du 18 Brumaire.

Il n'avait que dix-neuf ans, au 18 Brumaire.

D'ailleurs que d'illusions à cette époque ! Bien des républicains voyaient dans le général Bonaparte le continuateur de la Révolution... et quelques royalistes le prenaient pour un Monk : si bien que des deux côtés il avait des approbateurs.

— Bah ! répondait Béranger, quand ce reproche arrivait jusqu'à sa bonhomie : la Providence ne laisse pas toujours aux nations le choix des moyens de salut.

Il montra pourtant quelque opposition au gouvernement consulaire ; et cette opposition était née de l'emprunt, fait aux Grecs et aux Romains, des noms donnés d'abord aux nouvelles fonctions et plus tard aux établissements d'instruction publique.

Consuls, Tribuns, Préfets, Prytanées, Lycées lui paraissaient jurer avec le nouveau monde, qui avait enfanté 89.

Lui, dont le talent particulier devait être la simplification absolue, il raillait cet enfantillage d'imitation routinière des anciens.

C'était une véritable colère.

Et quand, dans ses conversations familières, ce sujet venait sur le tapis, il le reprenait avec la même ardeur.

— Chez nous, s'écriait-il, voyez Hérault de Séchelles ne pouvant se mettre à travailler notre Constitution, s'il ne parvient à se procurer, avant toutes choses, les lois de Minos !

Il avait dix-neuf ans, ai-je dit, et il croyait naïvement qu'un homme de la taille de Bonaparte ne s'était emparé de la dictature que pour affermir la République.

Cette conviction était si sincère, qu'elle resta maîtresse de son esprit, longtemps encore après les événements titanesques de l'Empire.

— C'était un héros de Plutarque, disait-il en parlant de Napoléon.

> Grand de génie et grand de caractère
> Pourquoi du sceptre arma-t-il son orgueil ?

Cette utopie romanesque d'une dictature libérale, d'une autocratie républicaine, d'une démocratie seigneuriale n'est pas propre à Béranger seulement, et elle eut de nombreux adeptes.

Mais me voilà parlant politique comme une vieille femme que je suis ; je me hâte de rejoindre notre ami chez sa tante de Péronne ;

Cette bonne tante dont nous avons dit les habitudes religieuses, et que le libre esprit de son neveu tourmentait fort.

C'est en 1792, un jour de mai, que lui arriva cet accident qu'il a si souvent raconté, et d'une façon si humoristique et qui prouve que le laurier ne garantit pas de la foudre… ni l'eau bénite.

Un orage violent s'était déchaîné.

L'enfant était sur le seuil de l'auberge, occupé à regarder le splendide tableau de la nue sillonnée par les éclairs sulfureux.

Le tonnerre grondait et la bonne femme de tante aspergeait la maison d'eau bénite pour en éloigner le feu du ciel.

Tout à coup la foudre éclate aux pieds de Béranger ; la commotion le renverse ; il tombe évanoui, asphyxié, demi-mort.

A force de soins on le ramène à la vie, il ouvre les yeux, il regarde autour de lui ; et voyant sa tante à genoux, en prières, le libre penseur de douze ans lui dit en souriant :

— *Eh bien, à quoi te sert ton eau bénite ?*

Il ne manquait que des rimes à cette facétie, pour en faire le motif d'un refrain.

Il était entré comme apprenti typographe, chez l'imprimeur Laisney, et déjà il faisait des vers, mais avec l'instruction qu'il avait reçue aux cours fondés par le député philanthrope Ballue de Bellenglise, il lui restait beaucoup à apprendre, surtout du côté de la prosodie.

Il est vrai qu'il présidait admirablement le club de jeunes garçons, composé de ses condisciples ; mais cela n'est pas suffisant pour posséder l'art d'Horace et appliquer les préceptes de Boileau.

Le jeune rimeur, pour fabriquer de la poésie, avait adopté une méthode singulière.

Il traçait du haut en bas d'une feuille de papier deux raies tirées au crayon, et quand il avait, rimant tant bien que mal, intercalé des lignes de mots entre ces deux raies, il pensait avoir fait des vers aussi réguliers que ceux des maîtres les plus corrects.

Les vers libres de La Fontaine, dont les fables lui tombèrent entre les mains, lui donnèrent cependant quelques doutes sur la bonté de son système.

Il voulut apprendre, et c'est chez l'imprimeur, son patron, pendant deux ans qu'il y resta, qu'il prit une teinture d'orthographe et de versification.

En 1795, son père, qui avait été emprisonné sous la Terreur, après avoir été mêlé en Bretagne à des intrigues royalistes, et qui avait recouvré sa liberté, après le 9 Thermidor, revint à Péronne.

Il fut fort scandalisé des opinions avouées de son fils « *gangréné de Jacobinisme.* »

— Votre République, disait-il à sa sœur, n'en a pas pour six mois ; nos maîtres légitimes vont rentrer et on m'a promis de faire admettre mon fils dans les pages de Sa Majesté.

Béranger, dans une de ses chansons, a affirmé qu'il n'était qu'un vilain, « bien vilain, très-vilain. » Mais son père se glorifiait de la particule qui précédait son nom : « M. *de* Béranger, » quoique fils d'un cabaretier et d'une servante.

Il se proposait, au retour de la cour, de faire ses preuves de noblesse et présenter son rejeton aux princes :

— Prenez garde qu'il ne leur chante la *Marseillaise*, lui répondait sa sœur, quand il lui parlait de ce beau projet.

Il devait leur chanter bien autre chose.

La Restauration monarchique n'allait pas toute seule. Le père de Béranger se rendit à Paris, et se lança à la fois dans mainte conspiration et dans des opérations de bourse qui eurent d'abord un certain succès.

Il appela son fils près de lui.

Voilà le disciple d'Anacréon, traçant encore des raies du haut en bas de son papier, mais cette fois pour y aligner des chiffres.

Les joyeux couplets, avant de voir le jour, passaient par un laborieux enfantement et par des transformations singulières ; ils s'appelaient calculs du change, de l'agio, de l'escompte et des assignats.

Le jeune homme y devint très-habile, et son concours fut précieux pour son père, qui venait d'être arrêté comme complice de la conspiration de Brottier et de La Villeheurnois, dans laquelle il s'était bêtement jeté ; mais il fut acquitté faute de preuves.

Cependant la mauvaise administration de M. de Béranger — qui avait l'imprudence d'ouvrir sa bourse aux faiseurs du royalisme — amena la ruine de la maison de banque.

Chez l'imprimeur, il prit une teinture d'orthographe et de versification.

Des capitalistes sérieux qui avaient jugé le fils à l'œuvre lui offrirent alors, malgré sa jeunesse, des sommes assez importantes pour continuer les opérations financières.

S'il eût accepté, je ne l'eusse jamais rencontré sur mon chemin. Adieu la muse, adieu Lisette.

Le comptable, courbé sur son grand-livre, ne voit pas la robe de jaconas flottante, le bonnet dont les rubans roses flottent au vent, comme la bannière de la jeunesse et de l'amour.

Est-ce que le négociant connaît les bois ombreux, les lilas en fleur, où les amoureux soupirent comme les hannetons bourdonnent ?

Est-ce que le groupeur de chiffres sait trouver sur le bord d'une coupe de cristal l'empreinte parfumée de la lèvre rose qui s'y est baignée ?

Béranger refuse ces offres. Mercure n'était pas son dieu.

Il commença alors cette vie insouciante et gaie qu'il a chantée dans son grenier.

Il aida néanmoins son père dans la gestion d'un cabinet de lecture que celui-ci avait ouvert dans la rue Saint-Nicaise.

Un soir, il revenait flânant et poursuivant quelque rime folle.

Ce soir-là, avait lieu à l'Opéra la première audition d'un oratorio d'Haydn : *la Création du Monde.*

C'était le 3 nivôse an ix de la République (24 décembre 1800).

Le premier Consul devait assister à cette représentation.

Bonaparte était revenu vainqueur, en trente jours, de sa seconde campagne d'Italie, illustrée par le passage du Mont Saint-Bernard et la victoire de Marengo.

Le parti royaliste devinait que « le général-consul rêvait l'Empire, » suivant l'expression de Charles Nodier.

Et plusieurs complots, entre autres, celui d'Arena et de Topino-Lebrun annonçaient au nouveau César que le poignard de Brutus s'aiguisait dans l'ombre.

Carbon et Saint-Régent avaient organisé une formidable conspiration.

La rue Saint-Nicaise était une ruelle incommode, voisine de la place du Carrousel. Pour se rendre à l'Opéra le premier consul était obligé d'y passer.

Une charrette encombrait la rue, de telle façon que la voiture du chef de la République devait nécessairement s'y accrocher.

Cette charrette, on le sait, contenait un baril cerclé de fer, rempli de poudre, de balles, de mitraille. A ce baril, un canon de fusil garni de sa batterie, mais ayant la crosse coupée, avait été solidement fixé.

Le choc devait faire partir la détente et produire l'explosion.

L'adresse du cocher du Premier Consul sauva celui-ci.

Ce ne fut que quelques instants après le passage de la voiture que la *machine* infernale éclata, répandant autour d'elle la terreur et la mort.

Béranger se trouvait à ce moment à l'entrée de la rue Saint-Nicaise.

Quelques tours de roue de moins, c'en était fait du plus grand capitaine de ce siècle.

Quelques pas de plus, c'en était fait de notre barde le plus éminent.

Si je rappelle cette vieille histoire de la Machine infernale, ce n'est pas pour faire de l'érudition, ou pour me mettre en scène à propos de ce tragique événement, comme font les faiseurs de Mémoires. J'étais bien jeune alors, presque une enfant ; j'habitais avec ma mère une petite paroisse aux environs de Paris, et j'avoue que l'existence du premier consul, qui avait pourtant déjà conquis les Pyramides, m'était complétement inconnue.

Le bruit de l'explosion de la machine de Saint-Régent ne parvint pas jusqu'à nous ; je ne devais connaître Béranger que deux ans plus tard. Ce fut lui qui m'apprit, dans la suite, aux jours charmants de notre heureuse mansarde, le danger couru à la fois par le puissant soldat et l'apprenti poète.

CHAPITRE III

Béranger réfractaire. — Une heureuse calvitie. — Un jour d'émeute. — Le grenier du boulevard Saint-Martin. — Maudit printemps ! — Premières amours. — Un châle pour rideau.

1801 arrive.

Malgré son patriotisme et les chants qu'il consacrait aux lauriers, Béranger n'avait aucune envie d'aller les « moissonner aux champs de Bellone. »

Il ne manquait certainement pas de courage, mais l'état militaire répugnait à sa nature de rêveur.

Il confessait volontiers que l'idée de devenir *un homme* l'épouvantait alors.

Et il citait comme preuve de cette terreur singulière, qu'ayant entendu dire qu'en se faisant la barbe avec des ciseaux on n'en avait jamais beaucoup, il ne se servit jamais de rasoir. L'habitude de se tailler la barbe avec des ciseaux lui resta.

Et moi qui ai le droit d'affirmer mon bon goût, je vais dire que cela ne lui allait pas trop mal...

Il était donc réfractaire.

C'était un jeu dangereux ; chaque nouveau décret impérial ordonnant une levée renouvelait ses terreurs. Il avait toujours peur de quelque dénonciation, et pour dépister les gendarmes et la police, il se vieillissait à plaisir, usant de toutes sortes de stratagèmes pour se donner douze à quinze ans de plus, lui qui avait d'abord essayé de prolonger son adolescence et d'éviter l'âge d'homme.

Quels singuliers êtres que les poètes ! presque aussi singuliers que les femmes !

Heureusement, dit-il, la nature l'aidait à cela ; elle l'avait gratifié d'une calvitie prématurée qui lui permettait de braver les recherches de la prévôté.

— J'ai pris l'habitude de saluer ces Messieurs, racontait-il plus tard dans ses causeries ; il me suffisait de mettre chapeau bas devant eux, pour que mon front, qui bien avant trente ans en marquait quarante-cinq, leur ôtât l'idée de me demander mes papiers.

Il ne fut amnistié avec les réfractaires de sa classe qu'au mariage de Napoléon avec Marie-Louise.

— Ce qui prouve. disait-il avec une pointe de malice, que les petits ne pâtissent pas toujours des sottises des grands !

Le chansonnier se croyait poltron :

> Quand plus d'un brave aujourd'hui tremble
> Moi, poltron, je ne tremble pas.

Imbu de cette idée, il fut pendant longtemps à se troubler au seul aspect d'une arme à feu.

Une baïonnette au bout d'un fusil était pour lui un attirail terrifiant.

Cependant il finit par se corriger de cette peur, qui n'était que dans son imagination

Un jour de deuil, un jour d'émeute, il traversait un carrefour barricadé ; les balles sifflaient à ses oreilles.

Il ne pensa plus au danger, il ne vit que le sang des citoyens égarés répandu au milieu des horreurs d'une lutte fratricide.

Il s'élança vers les combattants, en s'écriant :

— Ah ! les malheureux ! il faut que je leur parle ; ils me verront, ils m'entendront !

On eut grand'peine à l'entraîner loin du champ de bataille.

Ce bruit des armes à feu, le chansonnier le redoutait, même dans les tirs innocents des fêtes publiques.

A l'aurore de notre intimité, nous allions parfois, bras

dessus, bras dessous, nous perdre dans la foule à Saint-Germain ou à Saint-Cloud.

Il tressaillait à chaque coup de pistolet tiré par quelque *calicot* abattant des poupées.

— Je suis un arriéré, s'écriait-il, raillant lui-même la sensibilité de ses nerfs; j'aurais dû naître avant l'invention des armes à feu.

A la Saint-Charles, on tirait le canon des Invalides, pour célébrer la fête du roi.

— Célébrer un bonheur par un pareil tintamarre, disait-il encore, quel non-sens ! C'est le calme qui est la véritable image de la félicité.

Donc, nous sommes en 1801, Béranger a échappé à la conscription et il raille sa misère dans le grenier qu'il occupe au boulevard Saint-Martin.

— De quelle belle vue je jouissais là, disait-il plus tard en se souvenant avec émotion de ce passé pourtant si plein de doutes et d'irrésolutions; que j'aimais le soir à planer sur l'immense ville !

Paul de Kock, le conteur populaire, a aussi exprimé son plaisir d'habiter ce boulevard Saint-Martin, qui était à cette époque comme un coin à part du vieux Paris, par son voisinage du boulevard du Temple, rendez-vous favori des esclaves de la plume.

Vivre seul, faire des vers à son aise, était toute la félicité du jeune homme.

Cependant, comme il l'a confessé dans ses lettres, sa sagesse en herbe n'était pas de celles qui bannissent toutes les joies; il s'en fallait de beaucoup.

Déjà, en planant sur la ville, son regard s'était arrêté en chemin, il avait aperçu, à une mansarde en face de la sienne, un joli profil.

C'est toujours ainsi que cela commence.

Les deux voisins... d'étage échangeaient, à travers la rue, de longs regards très-éloquents.

Le printemps vint, avec sa séve brûlante, ses effluves de

renouveau; la tête du poète ressentit comme les premiers
symptômes d'une fermentation singulière. Ses yeux — qui
étaient mauvais pourtant — prirent une expression pleine d'ardeur et d'éclat.

Mais le printemps n'apportait pas que cela avec lui.

Il allait jouer à notre amoureux un tour de sa façon dont
le chansonnier devait se venger par un couplet.

Il y avait un jardinet sur la fenêtre de sa voisine d'en face;
l'influence de la saison se fit sentir sur les feuilles grim-
pantes, et un beau jour son « aimée » disparut derrière un
rideau de fleurs et de verdure.

Étrange caprice qui prenait à ces charmants végétaux de
faire un voile à la beauté et d'élever un rempart devant
l'amour.

Comme si ce grand vainqueur reculait jamais devant une
place forte.

Allez donc lutter contre un assaillant qui a des ailes et
qui vole si capricieusement, qu'il arrive aussi vite au but...
que la flèche lancée sur son arc mignon.

On n'a toutefois qu'à lire les chansons de mon ami pour y
trouver le plus poétique des blasphèmes.

MAUDIT PRINTEMPS!

C'est ainsi que le poète populaire fut accusé d'avoir méconnu
le sentiment de la nature. Maudire le printemps! quelle horreur! Évidemment, Béranger était complétement dépourvu des
sens de ce monde mystérieux qui captive l'âme.

Ah! mon pauvre poète, je veux venger ta mémoire et te laver
de cette accusation.

On a confondu la colère de l'amant avec le sentiment du
poète; ce n'est pas la muse qui raillait la saison du renouveau;
c'était son cœur qui se révoltait contre le mauvais tour que lui
avait joué le printemps.

> Je la voyais de ma fenêtre
> A la sienne tout cet hiver;

> Nous nous aimions sans nous connaître,
> Nos baisers se croisaient dans l'air.
> Entre ces tilleuls sans feuillage,
> Nous regarder comblait nos jours ;
> Aux arbres tu rends leur ombrage ;
> Maudit printemps, reviendras-tu toujours ?

Il avait certainement tort d'accuser le printemps, car ce fut à lui qu'il dut de contempler de plus près celle dont la vue lui avait été dérobée par la saison des amours.

Lisette devint la commensale de Béranger, elle eut la primeur de ses chansons — entre deux baisers — elle fut de toutes les fêtes, que la maigre bourse du poète et de ses amis pouvait organiser.

Elle prit part à toutes les mascarades du Carnaval.

Elle fut le boute-en-train du logis, le courage du chansonnier, son rire incessant et sa maîtresse..... de philosophie : la philosophie d'Anacréon, cela s'entend bien.

Elle a raconté dernièrement qu'Adolphe Adam, mis en pension, travailla le contre-point..... chez une petite voisine dont la fenêtre donnait sur le Conservatoire.

C'est là, dans cet harmonieux duo, que le futur compositeur du *Chalet* apprit les règles de l'Harmonie.

Béranger en fit autant chez cette Lisette qui, encadrée dans sa fenêtre, avait l'air d'une princesse flamande dans un cadre de bois.

Un baiser, n'est-ce pas la rime de deux lèvres ?

La femme sur les blanches épaules de laquelle il a jeté le manteau d'or de la poésie, c'était plus qu'une compagne..... c'était un collaborateur.

Il n'y a pas d'Éden sans Ève.

Comme Béranger, je bénis cet heureux grenier où se sont égrenées tant de folles et joyeuses heures.

Je me rappelle avec ivresse ces premiers jours de nos amours — qui durèrent, tant que nos cœurs battirent.

Quel était mon nom avant cette aventure ? Je ne le sais plus et je ne veux pas m'en souvenir.

Le bon Dieu me dit : Chante,
Chante, pauvre petit!

Béranger m'a appelée Lisette; et Lisette suis!

C'est moi qu'il a aimée, chantée — et rendue populaire
avec lui.

Ce baptême-là vaut bien celui que je reçus à ma naissance.
Le portrait qu'il a fait de moi suffit à mon orgueil.
Mon orgueil n'est pas modeste, n'est-il pas vrai?

> Grand Dieu, combien elle est jolie !

C'est lui qui l'a dit ; et je veux le croire, même aujourd'hui
que la bise froide a effeuillé et flétri les roses d'antan.

Je veux rester Lisette, sa conseillère ; Lisette, qui lui fera
repousser le mandat de député que le peuple de Paris lui
donnera.

> Lise à l'oreille
> Me conseille :
> Cet oracle me dit tout bas
> Chantez, Monsieur, ne parlez pas.

Je serai toujours la première visiteuse de son grenier,

> Vive, jolie, avec un frais chapeau ;
> Déjà sa main, à l'étroite fenêtre,
> Suspend son châle en guise de rideau.
> Sa robe aussi va parer sa couchette,
> Respecte, Amour, ses plis longs et flottants ;
> J'ai su depuis qui payait sa toilette :
> Dans un grenier, qu'on est bien à vingt ans!

Jusqu'à ce que je devienne la compagne dévouée, aimée, à
qui il dira avec un attendrissement ineffable :

> On vous dira : Savait-il être aimable ?
> Et, sans rougir, vous direz je l'aimais ;
> — D'un trait méchant se montra-t-il coupable ?
> Avec orgueil vous répondrez : jamais !
> Ah ! dites bien qu'amoureux et sensible
> D'un luth joyeux il attendrit les sons,
> Et bonne vieille au coin d'un feu paisible
> De votre ami répétez les chansons.

Maintenant, ami lecteur, vous savez quels sont les hôtes du
grenier :

Vous connaissez les deux compagnons qui, ensemble, vont

remonter le passé et reprendre leur histoire qui fut longtemps la même pour tous deux.

Ils ont eu les mêmes joies, les mêmes douleurs, les mêmes espérances, et les mêmes succès.

CHAPITRE IV

Dans un grenier qu'on est bien à vingt ans. — Un sortilége. — **Le voisin mysté-rieux.** — La *culotte.* — Musique nouvelle. — Bocquillon. — *Le Bon Dieu.* — **Le mystère est éclairci.** — **Le poëte et le musicien se donnent la main.** — **Le créateur de l'Orphéon.** — B. WILHEM.

Notre mansarde, voisine du ciel, se dore des rayons d'un soleil d'été.

Un beau papier fond blanc, parsemé de roses et de papillons bleus, en recouvre les murs.

Sur le bord de la fenêtre quelques pots de fleurs. Dans un grand cornet de verre, posé sur une petite table, des fleurs encore, des fleurs coupées.

Bien des cahiers de chansons, quelques livres, jetés un peu partout ; des rubans, de menus objets qui révèlent la femme.

Dans les encoignures, sur des supports de bois noir, trois sta-tuettes : l'Amour, Zéphire, une Vénus accroupie. C'est notre musée.

Passons les meubles sous silence ; la couchette à part, ils tiennent si peu de place. Les chaises surtout sont rares, mais ce n'est pas sur une chaise que nous nous reposons le plus volontiers.

Dans un grenier qu'on est bien à vingt ans !

On connaît la scène ; la toile se lève ; voici les acteurs :

Un jeune homme au long front, aux yeux pétillants de gaîté et d'entrain... Le génie viendra plus tard.

Une fillette de seize ans à peine, assise près de la fenêtre, et chiffonnant un peu de tulle pour s'en faire un bonnet.

— Ah ! c'est trop fort ! s'écrie tout à coup le jeune homme : il y a décidément là-dessous du sortilége et de la diablerie. Oui, le diable s'est emparé de notre mansarde.

— Parlez-vous, mon ami, du diable qui loge depuis deux jours au fond de notre bourse, répond la jeune fille, en interrompant son travail.

— Non, Lisette... j'apostrophe ce démon musical, cet esprit invisible, ce sylphe aérien... puisqu'il compose des airs...

— Encore vos lubies, mon pauvre cher ami !

— Des lubies !... Tiens... écoute, le voilà qui recommence... il chante encore nos couplets, sur un air de sa façon.

Ils firent silence et prêtèrent l'oreille.

Une voix fraîche et pure se faisait entendre, à travers la mince cloison qui séparait leur petite chambre de la mansarde voisine.

La voix chantait, sur un air d'une rythme original, un air nouveau, ce couplet :

> Dimanche nous verrons cinq rois,
> Faire oublier Dieu dans l'Église ;
> Ils m'y chercheront je le crois,
> Et j'ai fait blanchir ma chemise.
> J'ai le chapeau, j'ai l'habit noir ;
> J'ai des bas fort bons pour la crotte ;
> J'aurais tout ce qu'il faut avoir,
> S'il ne fallait pas de culotte !

C'était le premier couplet d'une chanson que Béranger avait écrite la veille même, à l'occasion d'un *Te Deum* qui devait être chanté à Notre-Dame, devant un tas de rois, courtisans du nouvel empereur, Napoléon Ier.

Lisette n'eut que le temps d'étouffer un cri de surprise ; Béranger, du geste, lui impose silence ; la voix continue :

> Vive la femme de bon sens
> Qui culottait l'Académie ?
> Des neuf sœurs, et je m'en ressens,
> Bien différente est la manie.
> Entre nous, amis, je crois peu
> A leur vertu qui nous assotte ;
> Car ces dames se font un jeu
> De voir leurs amis sans culotte.

Cette fois, ce fut Béranger qui ne put retenir l'impression de sa surprise.

— Cette chanson, écrite d'hier, et que je destinais à un ami, toi seule, Lisette, tu la connais ; je te l'ai lue ce matin....

— Oui, et à très-haute voix... Vous me la déclamiez comme un auteur de tragédie... Le voisin d'à côté l'aura entendue.

— Il peut se vanter alors d'avoir une fameuse mémoire. .

— Dame : un démon, puisque démon il y a.

— Et ce n'est pas la première chanson qu'il me prend au vol... Il y a deux jours, pendant que tu étais au Marché aux Fleurs pour acheter ces pots de réséda, je lui ai entendu chanter une autre de nos chansons, toujours sur un air nouveau, tandis que moi je l'avais faite sur un air de vaudeville, un simple pont-neuf.

— Plaignez-vous donc, d'avoir ainsi un compositeur à vos gages... sans le payer.

— Je ne me plains pas, dit Béranger... mais je suis très-effrayé !

— Et de quoi, mon gentil poète ?

— Je suis effrayé d'habiter une mansarde qui fuit... Songe donc, chère amie de mon cœur... il m'arrive trop souvent de laisser ma muse s'émanciper, jusqu'à fronder nos bons gouvernants... Et si quelqu'un de mes couplets allait tomber dans l'oreille de monsieur Judas... La police met le nez partout, et le Grand Homme n'aime pas précisément l'opposition.

Cependant, de l'autre côté de la cloison, la voix, après un repos, avait entamé le troisième couplet.

> Toi dont le cœur est généreux,
> Toi que j'ai toujours vu sensible ;
> Toi qui jamais d'un malheureux
> N'as trouvé la plainte risible ;
> Toi qui vis comme Robinson,
> Tandis que le sort me cahotte,
> Toi qui peux garder ta maison
> Peux-tu me prêter ta culotte?

C'était le couplet d'envoi à l'ami de Béranger.

Lisette frappa joyeusement ses mains l'une contre l'autre, après avoir lancé son bonnet de tulle par-dessus la petite table.

J'ouvre ici ma parenthèse pour faire un aveu.

Je devais lancer bien d'autres bonnets par-dessus les moulins, avant d'atteindre cet âge paisible et respectable, où une femme ne lance plus que des regards sévères sur les erreurs de son sexe.

— C'est charmant! m'écriai-je.

— Oui, c'est charmant, répéta Béranger... Au diable mes inquiétudes. L'air est délicieux; il faut que je fasse la connaissance du musicien qui improvise de si jolie musique sur mes vers, ramassés hémistiche par hémistiche, avec une si prodigieuse facilité.

— C'est un voisin... Il n'y a qu'à le demander à la portière.

— C'est cela... Charge-toi de ce soin, ma belle Lisette.

— J'y cours.

Et j'y courus aussitôt, descendant, légère comme une jeune chèvre, nos six étages... au-dessus de l'entresol... Cent trente-six marches!

— Ah! le voisin du *cintième*, me répondit la madame Bésuchet, notre digne portière.

— Non... du sixième.

— Oui, la chambre qui touche à la vôtre.

— Eh bien?

— C'est un ancien militaire... Un monsieur qui m'a tout l'air de ne pas rouler sur l'or. Il se nomme *Louis Bocquillon*.

Béranger se mit aussitôt en campagne. Pendant deux jours, il courut chez tous les musiciens de sa connaissance, pour leur demander s'ils avaient jamais entendu parler d'un compositeur nommé Bocquillon.

Bocquillon était complétement ignoré de tous.

Un violon du bal d'Idalie lui dit, en riant aux éclats:

— Bocquillon, un compositeur de musique! Ah! mon pauvre Béranger, où avez-vous l'esprit? Quand on a le malheur de s'appeler Bocquillon, on est condamné par le sort à vendre toute sa vie des pruneaux et de la mélasse. Jamais un Bocquillon ne courtisa Euterpe ?

Les études mythologiques étant un peu négligées aujourd'hui, il n'est pas inutile de consigner ici qu'Euterpe est la muse de l'harmonie.

Nous avions oublié le voisin mystérieux, qui, d'ailleurs, pendant plus d'une semaine, avait cessé de donner tout signe de vie ; lorsque sa magique collaboration nous fut révélée de nouveau.

Béranger, qui se trouvait en verve, venait de composer une de ses meilleures chansons, une véritable satire politique.

Un soir, après notre frugal repas, il me la fredonna sur un air de pont-neuf.

Elle me plut et je la lui fis répéter deux fois.

Sans doute que le Bocquillon était aux écoutes, car le lendemain matin, en nous réveillant, nous entendîmes la voix de notre voisin, chanter sur un air que nous ne connaissions pas :

> Que font ces nains si bien parés
> Sur des trônes à clous dorés ?
> Le front huilé, l'humeur altière,
> Ces chefs de notre fourmilière,
> Disent que j'ai béni leurs droits,
> Et que par ma grâce ils sont rois.
> Si c'est par moi qu'ils règnent de la sorte,
> Je veux bien mes enfants que le diable m'emporte !

—Ah ! cette fois, s'écria le poète, j'en aurais le cœur net.

Il saute en bas de la couchette, s'habille en un clin d'œil, s'élance sur le carré, et frappe à coups redoublés à la porte de son voisin.

Le voisin paraît aussitôt. C'était un homme encore jeune, à la figure spirituelle, ouverte et loyale.

— Que puis-je faire pour vous, Monsieur, dit-il au chansonnier... Je suis tout à votre service.

— Monsieur, je me nomme.....

— Béranger..... interrompit le chanteur ; c'est un nom qui

Déjà sa main à l'étroite fenêtre
Suspend un châle en guise de rideau.

deviendra cher au peuple, et qui vivra un jour dans la mémoire de tous les Français.

Très-flatté de cet horoscope, le poëte ne voulut pas cependant se laisser détourner de l'objet de sa visite un peu brusque. Il reprit :

— C'est donc vous, Monsieur, qui chantez mes chansons ?

— Cela ne vous contrarie pas, au moins ?

— Certes, non ; mais cela me surprend.

— Pourquoi ?

— Parce que ce sont des couplets inédits, dont pas une copie n'a encore été mise en circulation.

— Ah ! c'est bien simple, allez : la cloison est si mince. Pardonnez-moi une involontaire indiscrétion. Je n'ai pu résister au plaisir de transcrire vos spirituels couplets, pendant que vous les déclamez à votre jolie compagne, mademoiselle Lisette.

— Ah ! vous savez aussi le nom de mon amie ?

— Toujours la cloison.

— Maudite cloison !

— Puis, je corrige, quand vous faites quelques corrections.

— Mais cette musique si originale... l'air du *Bon Dieu* ; l'air de *la Culotte* ?

— La trouvez-vous bien mauvaise ?

— Je la trouve ravissante.

— A la bonne heure... Eh bien ! elle est de ma composition. L'obscur musicien a eu une fortune inouïe, celle de pouvoir moduler ses premiers essais sur les vers d'un véritable poète... Pardonnez-moi cependant, si je n'ai pas pu m'élever à la hauteur de cette inspiration digne de la lyre d'Horace.

Et voilà comment Guillaume-Louis Bocquillon devint l'ami de Béranger et du même coup l'ami de Lisette ; voilà comment deux âmes d'élite se rencontrèrent et ne se séparèrent plus ; voilà comment le chansonnier et le compositeur allèrent tous deux, désormais, côte à côte, se donnant la main, chantant les gloires de la France, immortalisant ses grands souvenirs, répandant dans la masse le goût du beau dans deux de ses formes les plus exquises : la musique et la poésie.

Mais j'entends d'ici le lecteur s'écrier :

— Quelle est cette énigme, et que vient faire le nom de ce Bocquillon, dans les mémoires de Lisette ?

Il y a eu donc un grand compositeur qui s'appelait Guillaume-Louis Bocquillon ?

Cher lecteur, Guillaume-Louis Bocquillon, le voisin de Béranger, le locataire de la mansarde jumelle de la nôtre, n'était autre que ce musicien célèbre, créateur de l'Orphéon, auteur d'une nouvelle méthode d'enseignement, fondateur des écoles populaires de musique en France, celui à qui le poète adressait, en 1841, ces vers :

> La musique, source féconde,
> Épendant ses flots jusqu'en bas,
> Nous verrons, ivres de son onde,
> Artisans, laboureurs, soldats.
> Ce concert, puisses-tu l'étendre
> A tout un monde divisé.
> Les cœurs sont bien près de s'entendre
> Quand les voix ont fraternisé !

· Enfin, l'habile professeur du collége Napoléon, l'illustre maître de chant de la ville de Paris, celui auquel Louis-Philippe donna la croix de la Légion d'honneur, et qui n'est connu des ouvriers dont il fut le héros et le bon ange, que dans le surnom glorieux de B. WILHEM.

CHAPITRE V.

Deux épîtres à Lucien Bonaparte. — La manne du désert. — Grande gêne. —
Le prêteur sur gages. — Le bout du rouleau. — Çrédit est mort. —
Mlle Lenormand la tireuse de cartes. — Merveilleuses prédictions. —
Bernadotte, Murat Bonaparte. — Mlle Lenormand et Lisette. — Les cartes
ont toujours raison. — Une lettre princière. — Une pluie d'or.

Des couplets frondeurs colportés par des amis et répétés
uniquement en petit comité, ne suffisaient pas à faire tomber
du ciel, dans le grenier, malgré son voisinage, même la manne
qu'au désert Dieu prodiguait à son peuple ! D'ailleurs tout dé-
génère dans le monde, et la manne, aujourd'hui, n'est plus
qu'un médicament peu nutritif à l'usage des petits enfants.

Il fallait songer aux vulgaires nécessités.

Un estomac de vingt ans a des exigences que les meilleures
rimes ne satisfont pas..... fussent-elles d'une richesse de premier
ordre.

Les yeux bleus de Lisette, emplissaient bien le cœur du poète
mais le cœur n'était pas seul à réclamer sa pitance quoti-
dienne.

Béranger avait adressé deux pièces de vers assez médiocres ;
il l'avoua lui-même plus tard, au prince Lucien Bonaparte.

Le moment était critique. J'avais passé de longues heures et
fait de véritables tours de force, pour raccommoder les trois
chemises de mon ami, qui avait autant de chemises que Cadet-
Roussel avait de cheveux....

Ces trois mauvaises chemises constituaient, avec une mince
redingote, un peu mûre, un pantalon usé au genou, et une
paire de bottes tenant à leurs semelles par un miracle qui valait
bien celui de la Salette, toute sa garde-robe.

La montre d'or et quelques bijoux de mince valeur dont Lisette se parait les grands jours, avaient depuis peu pris la route de la maison de prêts sur gage.

On riait néanmoins dans la mansarde du boulevard Saint-Martin, mais on riait avec une teinte de mélancolie, annonçant que le rouleau de pièces de six liards arrivait à son bout.

Les repas devenaient hyperboliques ; et le crédit chantonnait, dans le quartier, cet affreux refrain, que le poète devait plus tard lancer à la tête d'une cour besogneuse :

> Crédit est mort
> Les mauvais payeurs l'ont tué.

Que faire ?

Mlle Lenormant était alors à l'apogée de sa réputation.

On lui attribuait des prédictions étranges dont la réalisation merveilleuse s'était ponctuellement accomplie.

On a raconté souvent qu'un jour, dans son rez-de-chaussée de la rue de Tournon, trois jeunes gens étaient entrés en riant.

L'un d'eux était sergent ; l'autre portait un costume de bourgeois, sévère comme un vêtement d'ecclésiastique ; le troisième avait l'uniforme de lieutenant au régiment d'artillerie de la Fère.

Mlle Lenormant regarda longtemps ces trois jeunes hommes.

Elle étala ses tarots.

Celui qui portait un costume de bourgeois s'avança le premier.

La devineresse lui dit, comme la sorcière à Macbeth :

— Tu seras roi.

Celui qui était sergent s'avança ensuite.

Et la prophétesse répéta la même phrase, en regardant le second compagnon.

— Tu seras roi !

Le lieutenant au régiment de la Fère vint à son tour, se placer devant la sybille.

Elle se leva ; son regard s'arrêta encore sur ses cartes, mais cette fois avec un redoublement d'attention.

Puis, ses traits exprimèrent un vif mouvement de surprise.

Elle releva lentement la tête, et fixant le jeune homme, qui attendait devant elle, mademoiselle Lenormant laissa tomber, avec une variante, la même prophétie étrange :

— Tu seras EMPEREUR!

Ces trois jeunes gens se nommaient :

Bernadotte,

Murat,

Bonaparte.

Nous n'étions encore qu'en 1804.

Et comme Murat ne devint roi d'Italie qu'en 1808 et Bernadotte roi de Suède en 1818, il est probable que le récit qui précède est posterieur à cette date.

Néanmoins, la réputation de mademoiselle Lenormant était déjà grande.

J'ai revu la nécromancienne en 1836.

Elle était toujours logée rue de Tournon.

Seulement la pythonisse n'avait pas seulement gagné des billets de banque et des rouleaux d'or ; elle avait aussi gagné des rhumatismes, dans l'entresol où étaient venus l'empereur Alexandre, une fois, l'impératrice Joséphine, souvent.

Alors, elle était montée au premier.

Mademoiselle Lenormant me regarda : Je n'étais plus bien jeune, quoi qu'en ait dit mon bel ami.

Elle consulta ses tarots.

— Vous avez été reine, me dit-elle ; vous avez reçu plus de madrigaux, de bouquets à Chloris que la plus puissante souveraine, que la plus ravissante et la plus courtisée des beautés. Le poète a fait votre bonheur et fera votre gloire.

Hélas! le bonheur est parti... et la gloire ne vaut pas un sourire de celui qu'on aime.

Mais revenons à la mansarde du chansonnier.

Les cartes étaient donc à la mode en 1804, grâce à mademoiselle Lenormant.

Il y avait des cartes dans la chambrette.

La compagne de Béranger n'élevait pas ses prétentions à la double vue, jusqu'à l'art de découvrir l'avenir dans les combinaisons d'un jeu de piquet; cependant, je savais comment on fait parler « un homme de campagne, qui viendra chez une femme brune à la nuit, pour la bagatelle. »

L'as de pique était pour moi, modeste émule de Mlle Lenormant, le grand pivot de l'art de tirer les cartes.

C'est que l'as de pique droit ou renversé a une signification également intéressante.

Renversé, il signifie « bagatelle, » c'est-à-dire choses d'amour; et debout : « boire bouteille, » c'est-à-dire partie de plaisir ou fête quelconque.

Pour tuer le temps, un soir de cette époque pleine d'incertitudes, je fis les cartes à mon ami.

> Les cartes ont toujours raison,
> Toujours raison, toujours raison.

Il ne m'avait rien dit de l'envoi de ses vers à Lucien Bonaparte.

C'était un va-tout qu'il avait joué, en en gardant le secret même avec sa chère confidente.

Et voilà que les cartes parlent, et que leur réponse a une certaine analogie avec les préoccupations du poète.

Elles lui prédisent une lettre qui le comblera de joie.

— La pauvreté est superstitieuse, me disait de longues années plus tard le héros de l'aventure; je m'endormis en rêvant du facteur.

Le lendemain rien n'était changé dans la mansarde; les bottes avaient le même aspect désolé, et l'état du pantalon réclamait si instamment une forte réparation... locative, que Béranger se souvenant qu'il était petit-fils d'un tailleur, saisit une aiguille, en mâchonnant quelques rimes.

Tout à coup on frappe.

C'est la portière, une brave femme, qui a deviné qu'elle allait jouer un peu le rôle du destin, et qui apportait essouflée :

Une lettre !!!

Le moyen de nier l'art de la cartomancie.

La missive était de Lucien Bonaparte; elle donnait rendez-vous au jeune auteur du *Déluge* et du *Rétablissement du culte*, ces deux poèmes dithyrambiques, rien que cela, qu'il avait envoyés à l'académicien.

Emprunter des vêtements convenables, voler chez le bienveillant orateur, frère de l'empereur, en faisant les rêves les plus insensés, non de fortune mais de gloire : Béranger n'y manqua pas.

Le résultat fut inespéré. Lucien Bonaparte se chargeait du sort du chansonnier, et lui abandonnait son traitement de membre de l'Institut, dont trois années arriérées lui furent comptées immédiatement.

Mille francs par an! quelle éblouissante perspective !

La mythologique rivière de Lydie, qui roulait des paillettes d'or, s'était détournée de son cours pour passer par notre joyeuse mansarde.

Mille francs par an, c'était le Pactole!

La Danaé du poète n'était ni vénale, ni dépensière.

Elle se sentait riche quand le soleil dorait la cîme des arbres et réchauffait ses fleurs frileuses.

Mais une petite pluie d'or..... cela n'oblige pas à ouvrir son parasol.....

Une joie du dimanche.

CHAPITRE VI

La fortune nous sourit. — Le peintre Landon. — — Un mot sur Wellington.
— *Vive les gueux!* — Le meilleur emploi de la fortune. — Les chansons de
Béranger se répandent. — Mort de son père. — Arnault. — Béranger expé-

ditionnaire. — Changement de grenier. — Le père d'Alphonse Karr. — Jean-
nette et Jeanneton. — Dénonciation des cagots. — La police est sur pied.
— *Le roi d'Yvetot.* — Grand effroi. — On parle du Temple et de la Force. —
Le maître a ri, il est désarmé.

Si les malheurs viennent en troupe, la fortune se plaît, par
une juste compensation, à accumuler ses faveurs sur ceux à qui
elle a un jour souri.

La gêne bannie de notre ménage chantant, la richesse
devait venir s'asseoir au joyeux foyer.

Richesse n'est ici qu'un relatif.

La richesse pour Béranger consistait en un modeste emploi
qu'il avait longtemps rêvé.

Cet emploi, il le trouvait momentanément dans les bureaux
du peintre Landon, qui lui confia la rédaction du texte de son
Musée.

C'était un recueil de dessins au trait des tableaux et sculp-
tures des galeries du Louvre, riche alors du fruit de nos con-
quêtes.

Wellington avait audacieusement dénoncé comme un pillage
ce butin de nos armées victorieuses ; de telles leçons de haute
morale étaient singulièrement déplacées dans la bouche de celui
qui représentait les spoliateurs de l'Inde.

Cet emploi valut à Béranger une rétribution de dix-huit
cents francs.

Que faire de tant d'argent?

Le courageux rimeur en trouva facilement le placement.

Il était de goûts simples.

> Oui, le bonheur est facile,
> Au sein de la pauvreté,
> J'en atteste l'Évangile,
> J'en atteste ma gaieté.
>
> Au Parnasse la misère
> Longtemps a régné, dit-on.
> Quels biens possédait Homère?
> Une besace, un bâton.

D'un palais l'éclat vous frappe,
Mais l'ennui vient y gémir,
On peut bien manger sans nappe,
Sur la paille on peut dormir.

Les gueux, les gueux,
Sont des gens heureux;
Ils s'aiment entre eux,
Vivent les gueux !

Les *gueux*, c'est fort bien, mais en se féminisant l'adjectif devient une injure.

Toutefois les toilettes de Lisette ne ruinèrent jamais Béranger.

Il ne fut pas embarrassé longtemps, pour se procurer la plus douce des jouissances que peut donner la richesse.

Il aida son père à qui, disait-il, étaient dus bien des mois de nourrice.

Il put secourir sa pauvre grand'mère, la veuve du bon vieux tailleur, dont les assignats avaient précipité et complété la ruine.

Enfin, il put se rendre utile à sa sœur, ouvrière chez une de ses tantes.

Et le chantre de Lise s'ébaudissait avec elle, de ces placements qui faisaient jaillir plus joyeuse la chanson improvisée.

Le devoir accompli et le bonheur répandu sont des inspirateurs singuliers.

Malgré son travail de scribe, le poète entassait les rimes, mais comme ces enfants de sa muse continuaient à avoir l'humeur frondeuse, il était plus que jamais prudent de les empêcher de prendre leur volée.

On n'est jamais trahi que par les siens. Le papa Béranger fut le premier à propager les chansons de son fils.

Quant à moi, je fus à toute épreuve ; je confesse que je colportai les refrains folâtres. Non pas qu'ils fussent la peinture de nos mœurs, mais ils étaient si bien un coin de la lanterne magique de l'époque, que je prenais plaisir à faire rire nos intimes de ces traits légers.

Nous avions beaucoup d'amis, entre autres Antier, l'amusant vaudevilliste, et Wilhem, dont j'ai raconté la première entrevue avec Béranger.

Je ne crois pas que ce furent eux qui trahirent sa confiance. Béranger accusa surtout son père, qui orgueilleux de la verve et de l'esprit de son rejeton, répandait et colportait : *Les Gueux*, le *Sénateur*, le *Petit Homme gris* et surtout le *Roi d'Yvetot*.

Hélas ! le brave homme ne commit pas longtemps ces indiscrétions.

Il mourut à cinquante-neuf ans, frappé d'apoplexie foudroyante au moment où, rassuré sur l'avenir, son fils allait pouvoir lui procurer des jours heureux.

Quelque temps après ce triste événement, Arnault, à la formation de l'Université impériale, procura à Béranger un emploi d'expéditionnaire.

C'était là toute l'ambition de mon ami, affranchi désormais de la crainte d'être obligé de faire de la littérature un métier !

Le grenier du boulevard Saint-Martin avait été remplacé par un autre grenier.

« Je vais me loger au bout de la terre, près de Montmartre, « rue de Bellefond: au milieu d'un vaste jardin, des promenades « solitaires, de l'ombrage, une belle vue, on n'est pas mal- « heureux. »

Ainsi avait-il annoncé cet exil à un de ses amis.

Avec le mince mobilier nous avions emporté les espérances, les rêves, les chansons, les baisers et l'amour.

Ce bagage-là était léger, mais il emplissait notre vie, sans qu'on eût à payer un supplément de transport à l'entreprise de déménagements.

Et pour nous il était sans prix, quoique certainement les propriétaires n'y eussent pas trouvé une garantie suffisante pour leurs loyers.

A vrai dire, dans ses rêves les plus ambitieux, Béranger ne croyait pas que la chanson le rendît jamais célèbre.

C'était un genre facile et léger, qui ne semblait pas devoir conquérir la popularité.

Puis le bruit du canon et des fanfares retentissantes étouffait les accents de la gaieté et du flonflon.

Le moyen que la France « ivre de gloire » prêtât l'oreille à des gaudrioles sur les jupons courts et les corsages dégrafés ?.....

On songeait bien à cela !

Il n'y avait que moi — et ses bons amis — qui faisions chorus quand il chantait gaiement :

> L'amour nous fait la leçon
> Partout ce Dieu sans façon
> Prend la nappe pour serviette
> Turlurette, turlurette,
> Bon vin et fillette.

Et la *Jeannette*, dont l'air avait été composé par M. Karr le musicien, digne père d'Alphonse Karr? Comme Béranger la disait bien, cette joyeuseté! Il était de l'avis du poëte :

> Les vers sont enfants de la lyre
> Il faut les chanter, non les lire.

Béranger chantait ces vers à merveille; il les disait en père amoureux des beautés de son enfant; il en soulignait les malices avec son bon rire communicatif et franc.

Je l'entends encore, quand tout parlait de batailles et de carnages, entonner ces couplets gaillards :

> Fi, des coquettes maniérées!
> Fi des bégueules du grand ton!
> Je préfère à ces mijaurées
> Ma Jeannette, ma Jeanneton.

Et c'est moi qu'il regardait, pour me bien persuader que la rime seule m'était infidèle.

Et je lui souriais, pour lui prouver, orgueilleuse que j'étais, que j'avais confiance dans ma valeur.

> Jeune, gentille et bien faite,
> Elle est fraîche et rondelette;

> Son œil noir est pétillant.
> Prudes, vous dites sans cesse
> Qu'elle a le sein trop saillant.
> C'est pour la main qui le presse
> Un défaut bien attrayant.

Chacun de rire, et moi la première pour avoir tout le monde de mon côté.

Mais lui, sous cape, attendait tout le monde au dernier couplet; et dame, alors, il était difficile de ne pas rougir un peu, quoiqu'il eût pris soin de dire :

> A table dans une fête
> Cette espiègle me tient tête
> Pour les propos libertins.

Et il poursuivait :

> La nuit tout me favorise,
> Point de voile qui me nuise
> Point d'inutiles soupirs;
> Des deux mains et de la bouche
> Elle attise les désirs,
> Et rompit vingt fois sa couche
> Dans l'ardeur de nos plaisirs :

Et le chœur reprenait avec des trépignements joyeux :

> Fi des coquettes maniérées!
> Fi des bégueules du grand ton !
> Je préfère à ces mijaurées
> Ma Jeannette, ma Jeanneton.

Alors seulement je lui savais gré d'avoir compromis une Jeannette inconnue.

Je pouvais nier ma collaboration...... amoureuse et littéraire.

L'écho de ces refrains un peu risqués ne devait pas tarder à nous apporter les inquiétudes et les récriminations de la gent cagotte et hypocrite.

On se délectait en petit comité de ces gauloiseries, mais on dénonçait tout haut la dépravation de leur auteur.

Dieu sait si la morale avait pourtant rien à reprocher à nos mœurs !

Le poète suivait la mode et le goût du public. .

Collé était en grande faveur, avec des couplets autrement épicés. Au reste, ces vers n'avaient été composés que pour être dits en petit comité.

C'était encore là le moindre des dangers.

Tout à coup on apprend dans notre cercle intime, qu'une chanson, quelques pauvres petits couplets, ont troublé le repos de l'Europe et de son maître.

La police est sur pied ; ses limiers les plus habiles sont en chasse. Il y a un coupable qui se dérobe et qu'il faut traîner à la lumière.

On accuse les plus célèbres et les plus corrects des écrivains, d'être cette voie railleuse qui a osé troubler le silence admiratif de la foule, écoutant la parole du seul maître : l'Empereur.

C'était le *Roi d'Yvetot* qui causait tout ce tapage et ce beau remue-ménage administratif.

Le Jupiter des Tuileries avait froncé le sourcil, à l'apparition de ce roitelet :

> Couronné par Jeanneton
> D'un simple bonnet de coton

Il fallait à tout prix découvrir le mortel audacieux qui donnait de l'humeur à l'arbitre des rois et des peuples.

Un instant, dans notre cénacle, on parla de la Force et du Temple !

Mais on était déjà en 1813. L'horizon se couvrait de nuages menaçants. N'étaient-ce pas les préoccupations politiques qui avaient assombri le front de César, plutôt que les fines railleries de notre roi d'Yvetot ?

N'importe : comme la perfection de l'œuvre égarait les conjectures sur des hommes de lettres en vue, Béranger pria plusieurs de ses amis, entre autres Arnault, de l'Institut, de faire savoir le nom de l'auteur, à ceux qui, disait-on, avaient mission de le découvrir.

Cela fut fait.

Quelqu'un qui se prétendait bien informé accourut alors dans notre grenier...

— Vous êtes perdus, nous dit-il, attendez-vous à tout... Celui que le *Roi d'Yvetot* a si méchamment persiflé a lu la chanson tout entière.... et il a ri !

— Donc, il est désarmé ! s'écria Béranger.

Je ne suis pas *bonapartiste*.

Je n'aime les abeilles qu'au sein des roses ;

Mais un empereur qui rit devant un couplet joyeux...... C'est l'acte d'un bonhomme.

Lisette lui a envoyé un baiser à travers les camps ;

Il se sera perdu dans les neiges de Moscou.

Béranger chante le *Bon Français* en présence des aides de camp d'Alexandre (1814).

CHAPITRE VII

Un mot de Rossini. — Béranger pouvait tourner la page. — Histoire des
panades. — Un mauvais calembour. — Profession de foi littéraire de
Béranger. — L'Elvire de Lamartine. — Le poème de Clovis. — *Auto-da fé*

de manuscrits. — Lisette en conserve pieusement les cendres. — La célébrité vient. — Le chansonnier va dans le grand monde et Lisette reste au logis. — Le chansonnier Désaugiers. — Le *Caveau*; Béranger y est reçu à l'unanimité.

Malgré ses tentatives poétiques et dramatiques, Béranger devenait donc exclusivement chansonnier, et chansonnier il devait rester toute sa vie.

C'est avec les pointes de ses refrains qu'il conquérait la gloire rêvée d'abord en alignant les alexandrins de longs poèmes.

Rossini, un jour qu'il feuilletait l'album d'un faiseur de romances, disait :

— Certainement, il y a là-dedans de jolis motifs... mais le difficile, dans la musique, c'est de tourner la page.

L'illustre compositeur voulait ainsi exprimer qu'il faut un souffle puissant, pour poursuivre une idée à travers les feuillets d'une partition.

Béranger avait ce souffle :

Il pouvait *tourner la page*, sans perdre ni le sens des paroles, ni l'air du musicien.

Pouvant le plus il se complut à faire le moins.

Et il le fit avec ce génie que la France entière consacra par ses applaudissements.

Néanmoins le souvenir de ses essais, dans le « grand genre » m'est resté ; et quoiqu'il ait plus tard dédaigné ces œuvres de sa jeunesse, je me souviens des rêves qu'elles nous firent faire, au temps où bien souvent pour dîner nous en étions réduits à confectionner des panades.

L'histoire de ces panades mérite bien une petite mention dans mes Mémoires, ne fût-ce que pour répéter encore combien la gaîté chantée dans le « grenier » était vraie et de bon aloi.

Au temps de nos splendeurs — c'est-à-dire quand quelques pièces de six livres tintaient dans la poche de mon ami — nous n'avions garde de jeter les croûtes de pain, reliefs de nos festins de Balthasar.

Je dirais ici, en manière de hors-d'œuvre ou d'à-propos, comme

on voudra, que nous avions, Béranger et moi, un même faible
pour les cœurs et le pain tendres.

Aux jours de disette, nous retrouvions ces morceaux de pain,
mis soigneusement en réserve dans une serviette blanche.

Et avec un peu de beurre frais nous en composions un dîner
que n'avaient prévu ni Brillat-Savarin, ni le versificateur Berchoux,
dans son poëme de la *Gastronomie*.

Il y avait d'abord le potage : la fameuse panade — une entrée : un peu de pain tendre, coupé en tranches minces et suffisamment beurrées ; — le rôti : des croûtes grillées ou sautées
dans la poêle ; — le dessert : quelques cerises, l'été, et l'hiver
deux cuillerées de confitures de groseilles sur un morceau de pain
frais.

Le tout arrosé d'eau claire et d'amour.

Certainement, Béranger n'évoquait pas le souvenir de ces dîners
de la mansarde du boulevard Saint-Martin, lorsque plus tard il
faisait chanter au *Ventru* de la Restauration :

> Quels dînés, quels dînés,
> Ses ministres m'ont donnés !

Une lacune se produisait quelquefois dans le menu que je
viens de décrire : le beurre manquait. On remplaçait le beurre
par la graisse.

Ce qui avait fait commettre à un commensal de notre sixième
étage un affreux jeu de mots.

Le chansonnier ne savait ni le grec ni le latin, et notre ami
disait :

— Béranger n'a jamais apprécié la Grèce que sur son pain.

Je crois que le dédain que Béranger finit par éprouver pour
la poésie épique et dramatique, à laquelle il avait pourtant sacri-
fié d'abord, provenait de la boursouflure et du mauvais goût qui
régnaient à cette époque.

Ici, je ne juge pas, je me borne à raconter ; je suis l'écho
des sentiments et des idées que j'ai entendu exprimer par
Béranger, dans les dernières années de l'Empire, sous la Restauration et à l'époque où fleurit l'école romantique.

— Quand on veut faire de la poésie populaire, initier les masses aux jouissances de l'art, il faut aller droit au but et par le plus court chemin. Les poètes qui parlent au peuple oublient trop souvent leur origine et l'état de l'esprit de ceux à qui ils s'adressent.

Tout ce qui appartient aux lettres et aux arts est, à peu d'exceptions près, sorti des classes inférieures ; mais comme les parvenus, les écrivains oublient leur démocratique extraction pour paraître des aristocrates !

Lamartine, Hugo, Musset, Chateaubriand, Alfred de Vigny, dont il admirait le magique talent, avaient le tort, selon lui, de ne pas se préoccuper de la foule, de ne pas chercher à faire vibrer la fibre populaire.

— Soyez des délicats, des élégants, des lettrés, leur disait-il : je me contente d'être un rustique. Gardez les châteaux : les chaumières me resteront ; régnez dans les salons et les bureaux d'esprit ; mon public à moi se trouve dans la boutique et dans la mansarde : ne le dédaignez pas trop, il est capable d'émotion et d'enthousiasme sincères.

Cependant, il aimait l'Elvire de Lamartine : il la trouvait poétique et charmante, dans son image. Il se laissait aussi séduire quelquefois par les romantiques et éblouissantes descriptions que faisaient certains poètes de la toilette de leur maîtresse.

Et comme je me montrais un peu jalouse de ces plumets de marquise qui flottent au vent ; de ces corsets de satin qui craquent, de ces velours, de ces dentelles, de ces châtelaines si droites et si fières sur leurs haquenées ; il me rassurait avec un bon sourire :

— Je suis l'amant de Lisette, me murmurait-il à l'oreille ; la ceinture que je préfère, c'est celle de mes deux mains autour de sa taille, et la toilette qui me charme le plus... c'est cette simple robe d'organdi à semis de fleurs, autour de laquelle voltigent les cœurs et les papillons.

Et moi, dans ma mauvaise humeur, je lui répondais.

— Oui, oui, aimez-les donc vos dames à beau plumage ;

c'est comme les animaux à riches fourrures, la robe est d'un grand prix.,. la bête est souvent méchante et cruelle...

La jalousie fait quelquefois dépasser les bornes ; mais il avait la recette pour apaiser mon courroux.

Et je me laissais si facilement calmer, qu'il était convaincu que je ne lui avais cherché querelle que pour lui fournir le prétexte d'un délicieux raccommodement.

Nous voilà loin des poèmes de Béranger.

Il m'avait un jour détaillé le plan d'une grande composition dont Clovis devait être le héros.

Ce projet ne fut jamais exécuté : *Le roi d'Yvetot* détrôna le vainqueur de Tolbiac.

Mais sur sa table je lus de nombreux feuillets, écrits de sa jolie écriture, d'un poème pastoral dont l'action se passait sous Charles VII; et différentes pièces de comédie, les unes achevées, les autres commencées.

Molière prenait, dit-on, l'avis de sa servante.

J'avoue que si Béranger m'eût consultée, j'aurais reçu ses pièces.... sans corrections.

C'est à ce sentiment que j'obéis, quand je le poussai à faire des démarches auprès de quelques directeurs de théâtre.

Mais il ne put même pas obtenir une simple lecture.

Il paraît que l'accès des coulisses est chose difficile. Avec son caractère, Béranger n'eût pas réussi au milieu de ces luttes d'amour-propre, de ces jalousies, qui tiennent une si grande place dans la vie des gens de théâtre, auteurs, acteurs et directeurs.

Un jour il brûla ses manuscrits; j'en eus le cœur serré.

Du reste, il lui arriva souvent de détruire des productions dont il n'était pas satisfait.

J'en recueillais religieusement les cendres; et j'ai conservé une partie de ces cendres : — ce sont mes reliques.

Quand on les trouvera, après ma mort, se doutera-t-on de leur origine ?

— Rien n'éclaire l'esprit comme les manuscrits que l'on jette au feu, disait Béranger en se livrant à ces auto-da-fés.

Il ne brûlait pas tout, heureusement, et déjà quelques-unes de ces filles couraient le monde, émancipées par le recueil et le journal.

Bientôt, on voulut connaître le père de ces aimables enfants; et voilà notre existence troublée par les fêtes... où on l'invitait sans moi.

Il me laissait seule au logis pour aller dans le monde des hommes politiques, de la haute finance, des lettres, des arts, d'où Lisette, hélas! était exclue.

Je m'en dédommageais le lendemain, il est vrai, dans quelque arrière-boutique ou dans quelque mansarde voisine.

Là, nos compagnons de gaîté avaient moins de pruderie, et si je ne pouvais pas m'asseoir toujours sur ses genoux — comme dans nos tête-à-tête — je pouvais, au moins, à ses côtés, faire chorus aux refrains dont s'égayaient nos festins improvisés.

Ce fut chez le maréchal Suchet, si je me souviens bien, que Béranger fit la connaissance d'un « confrère » qui devint notre ami : Désaugiers.

C'était un bon gros réjoui, très-familier, qui vous mangeait volontiers dans la main. Il tutoya Béranger dès leur première entrevue, et Dieu sait si ces familiarités plaisaient à mon ami, qui conserva toujours un grand respect de lui-même, même au milieu des élans de sa bonhomie.

Il ne me tutoyait pas toujours... Cependant, il avait quelque droit à cette marque d'intimité, je suppose.

Ce fut à ce nouvel ami qu'il dut d'être admis aux dîners du *Caveau,* société de littérateurs et de chansonniers, qui avait pris ce nom de *Caveau,* en mémoire du caveau illustré par Piron, Panard, Collé, Gallet et Crébillon le jeune.

Désaugiers en était alors le président.

Béranger y chanta, pour sa bienvenue, de nombreux couplets; reçut un accueil enthousiaste, et fut nommé membre à l'unanimité.

C'était son premier pas sur le grand chemin de la célébrité.

CHAPITRE VIII.

Béranger publie son premier recueil de chansons. — L'Invasion. — Les royalistes
et l'entrée des alliés. — La haine du chansonnier. — Un mot de Louis XVIII.
— La chanson devient un instrument d'opposition. — Les capucins. — Le Dieu
des bonnes gens. — Jules Janin citant Horace à propos de Béranger. —
Mgr Sibour en visite chez Béranger. — Le portrait de Lamennais.

Jusque-là Béranger n'avait fait de la chanson qu'un passe-
temps, un délassement ; c'est à peine s'il écrivait ses couplets.

Après la soirée mémorable du Caveau, il dut, pressé par ses
nouveaux amis, tourmenter sa mémoire pour rappeler les chansons envolées.

Je l'aidai bien un peu dans cette tâche.

Je lui remettais en mémoire les couplets dans lesquels il
était question de mes beaux yeux ou de mes infidélités.

Il fit imprimer son premier recueil.

Plus tard il regretta d'avoir mis dans ce recueil ces refrains
un peu grivois qui lui firent tant d'apparents détracteurs ;
papelards qui lisaient et fredonnaient en cachette ce qu'ils
affectaient de dénoncer en public, criant au scandale, par dessus
les toits.

L'heure des joyeux refrains ne devait que trop tôt faire
place à celle des effarements.

Les tristes jours que ceux qui allaient suivre, et l'affreux spectacle que, du haut de notre mansarde de la rue de Bellefond,
nous devions voir défiler !

L'Invasion !!

L'étranger entrant vainqueur à Paris !

Pauvre Lisette, tu le voyais pleurer, ton ami fidèle, et cette
fois, la première, tes baisers ne purent le consoler.

Ils pleurait la Patrie vaincue et humiliée.

La reddition de Paris surtout le faisait bondir de rage et de
douleur.

Avec quelle énergie sauvage il flétrissait ce duc de Raguse,
qui avait préféré écouter les propositions des bourboniens,
plutôt que de s'appuyer sur ce vaillant peuple de Paris, qui
demandait des armes !

Béranger aussi était allé à la municipalité chercher un fusil.

— J'aurais été brave, disait-il au retour ; mais je ne suis pas
général, moi, pour tendre la main à nos ennemis ; je ne fais
pas métier de bravoure, pour oser signer, de la main qui tient
l'épée l'asservissement de la patrie.

Toute femme que j'étais, je lui donnais raison, et quand des
voisins ou des amis nous disaient :

Qu'y pouvait-on faire ? Pourquoi l'Empereur n'est-il pas
arrivé à temps ? Pourquoi Marie-Louise et Joseph nous ont-ils
abandonnés ?

Il répondait avec plus de fièvre encore :

— Pourquoi n'a-t-on pas refusé l'entrée de Paris à l'armée
ennemie trop faible pour se hasarder contre une ville si popu-
leuse ? On retardait de deux jours la capitulation ; et qui sait ?
Mais non ; on avait satisfait aux exigences de tactique et de
stratégie ; les canons avaient tiré autant de coups qu'ils en
doivent tirer dans un jour ; on comptait le peuple pour rien, on
ne se doutait pas qu'il sait mourir ; et vous dites que l'honneur
est sauf ?... C'est que l'honneur de ces gens est d'une espèce
toute particulière.

Ce n'était que le prélude. Rien ne devait être épargné à la
grande ville.

En même temps que les alliés préparaient leur entrée dans
la capitale, entrée digne, courtoise, — car ces vainqueurs du
jour se souvenaient qu'ils étaient les vaincus de la veille, —
les royalistes organisaient l'enthousiasme sur le passage des
ennemis.

On vit aux fenêtres quelques nobles hôtels des bourboniens
jeter des fleurs et envoyer des saluts, des vivat et même des
baisers aux soldats de Blücher et de Wellington.

Au milieu des effervescences du peuple acclamant sa liberté.

Un maréchal attacha à la queue de son cheval la croix de la
Légion d'honneur !

Une poignée de prétendus gentilshommes s'évertuait sur la

place Vendôme à renverser la statue placée au faîte de la colonne; Vidocq était à leur tête.

Mais le colosse semblait se rire des efforts de ces pygmées. Il avait fallu ceux de l'Europe entière pour précipiter du haut de sa gloire le héros lui-même.

On a reproché à Béranger d'avoir haï les Bourbons d'instinct.

Haï! c'est beaucoup dire! mais il faut convenir que celui qui avait assisté au grotesque spectacle de l'entrée à Paris de « Louis le Désiré » devait en avoir conservé un souvenir assez plaisant pour le chansonner plus tard.

De même que les palinodies monstrueuses des grands de ce temps-là devaient exciter sa verve et allumer son indignation.

Oh! si j'avais eu cette verve, je les eusse flagellés plus durement encore, ces gens qui brûlaient avec tant de cynisme l'idole qu'ils avaient adorée avec tant de platitude!

Et que dire de ces paillasses qui sautèrent de nouveau, le 20 mars 1815, au retour de l'empereur?

Non, il ne haïssait pas les sauteurs, il en riait; et le rire franc et malin est communicatif comme le bâillement.

Toute la France, je parle du vrai peuple, riait avec lui!

Il était l'écho de la grande voix démocratique.

Il l'a dit :

« Le peuple, c'est ma muse. »

Or, le peuple était avec le capitaine tombé. Ce n'est pas lui qui applaudissait aux bons mots prêtés par M. Beugnot et par le journaliste Martinville au comte d'Artois; il cherchait au contraire les jupes qu'il s'attendait à voir porter au roi Louis XVIII, selon les caricatures du temps; et au lieu des génuflexions des grands, les rois coalisés qui faisaient escorte au roi infirme ne reçurent des petits qu'un patriotique mépris, aussi exagéré dans ses manifestations que les platitudes des nobles personnages, retour de Coblentz.

« Le peuple c'est ma muse! »

Ces jours-là Béranger amassa dans les groupes assez de brocards et d'anathèmes, pour en cribler pendant quinze ans « le bandeau des rois. »

Et la Restauration dès lors n'eut pas d'adversaire plus dangereux et plus terrible.

La restauration trouva Lisette, la bonne fille, jetant gaiement son bonnet à la tête des Jésuites de robe longue et de robe courte.

Louis XVIII avait souri, dit-on, à la lecture des premières chansons de Béranger.

La modeste place d l'Université qui le faisait vivre faillit être enlevée à ce tirailleur de l'opposition libérale ; mais le roi, que l'on disait gourmet en fait de littérature, et qui lisait souvent son Horace, avait répondu:

Il faut bien pardonner quelque chose à l'auteur du *Roi d'Yvetot.*

Je vis même à cette époque quelques amis qui étaient au pouvoir, nous en avions partout, — prendre le malin chansonnier à part et, pendant de longues heures, tourner autour d'une proposition qui n'osait jamais se formuler nettement.

Seulement ils étaient compris à demi-mots par le rimeur populaire.

— Que les Bourbons, leur disait-il alors, nous donnent la liberté en échange de la gloire ; qu'ils rendent la France heureuse, et je les chanterai gratuitement.

Ici, que l'ombre de mon ami me permette une révélation.

J'affirme que cette promesse n'était pas sincère ; j'avais été témoin du patriotique désespoir de Béranger, et rien ne lui eût fait oublier que pendant vingt ans, les princes avaient mendié à l'étranger des armes et soufflé la guerre civile ; qu'ils étaient rentrés dans les fourgons des alliés et que leur fortune était le prix des malheurs et de l'humiliation de la France.

— La Restauration, disait-il longtemps après ces jours de tristesse, c'est la revanche des rois contre la France plébéienne, contre la Convention immortelle, contre la Révolution impérissable.

Nul ne pourrait s'imaginer aujourd'hui avec quelle ironie il laissait échapper de ses lèvres ce mot de *Roi*. Toutes ses chansons portent l'empreinte du dédain qu'il affectait pour une aussi gothique qualification.

Il faut bien se rappeler que son éducation s'était faite au milieu des effervescences d'un peuple acclamant, en même temps que la chute du pouvoir despotique, l'aurore de sa liberté !

— Napoléon, faisait-il observer à ses amis, a été trop habile pour prendre ce titre haï, discrédité, vilipendé par le peuple.

— Et, ajoutait-il, quand le vainqueur de Marengo couvrit ses épaules de la pourpre impériale, je ne pus m'empêcher de penser que la Providence, voulant nous dé... courager des Majestés, poussait ainsi au faîte de la puissance, un petit sous-lieutenant, afin de nous donner la mesure de toutes les marionnettes royales.

Voilà donc le chansonnier devenu un homme politique malgré moi — malgré lui peut-être.

> Toute puissance est une gêne :
> Oh ! d'un roi que je plains l'ennui !
> C'est le conducteur de la chaîne ;
> Ses captifs sont plus gais que lui.
> Dominer ne peut me séduire
> J'offre l'amour pour répondant ;
> Lisette seule a le droit de sourire
> Quand je lui dis : je suis indépendant
> Je suis, je suis indépendant.

Notre petite mansarde devient un lieu de réunion.

Les amis ont augmenté en nombre... et en qualité.

Je ne parle pas du cœur ni de l'esprit — mais de la position.

Journalistes, députés, publicistes, orateurs, discutent sur l'opportunité d'une chanson.

Mon Dieu, oui ; les éloquents discours de Manuel, de Foy, de Lafayette, sont parfois éclipsés par quelque couplet taillé sur un pont neuf.

Puissance de la chanson ! Alors que quelques lettrés seulement apprécient les efforts courageux des lutteurs que je viens de nommer, le paysan comme le commis, le soldat comme l'ouvrier, jettent aux échos, à pleine voix, les satires populaires.

Il chante ce qu'il comprend, le peuple ; et le pouvoir écoute cette voix d'en bas, en essayant toujours d'engluer le moqueur qui l'inspire.

Mais le moqueur écoute autour de lui, et il se raille avec la foule des *Capucins* qui montrent déjà le bout de l'oreille.

> Moines et prieurs vont revivre ;
> Il faut qu'avant peu le grand livre
> Servant à nos pieux desseins
> Soit mis au rang des livres saints.

> *Gloria tibi, Domine*
> Que tout chantre
> Boive à plein ventre !
> *Gloria tibi, Domine*
> Le concordat nous est donné.

> Dans chaque ville un séminaire
> Désormais sera nécessaire ;
> C'est un hôpital érigé
> Aux enfants trouvés du clergé.

Et ces pauvres capucins, comme on en riait.

Les cagots lui ont reproché d'avoir tourné en ridicule ces hommes d'une autre époque, revenants du moyen âge, qu'on voyait reparaître dans le midi, sous le froc des ordres mendiants.

Les hypocrites ont feint de confondre ces capucinades avec la religion elle-même.

Certes Béranger était voltairien ; il ne s'inclinait guère devant les idoles, qu'elles fussent de bois ou d'or.

Mais il avait un Dieu qu'il révérait et qu'il priait.

Le Dieu des bonnes gens.

Il pensait que le culte de ce Dieu n'exige pas le concours d'hommes en robes noires et de filles en béguin.

Il disait :

> .....Dieu n'est point en colère
> S'il créa tout ; à tout il sert d'appui.
> Vins qu'il nous donne, amitié tutélaire
> Et vous, amours, qui créez après lui
> Prêtez un charme à ma philosophie
> Pour dissiper des rêves affligeants :
> Le verre en main, gaîment je me confie
> Au Dieu des bonnes gens.

Le joyeux et franc poète gaulois ne pouvait rencontrer, sans rire, les cafards et les imposteurs ;

Et il en riait... voilà tout.

On a osé appeler cela de l'impiété.

On le lui a dit à lui-même, et je l'ai entendu répondre victorieusement :

— Lorsque la Religion se fait instrument politique, elle s'expose à voir méconnaître son caractère sacré.

Les plus tolérants deviennent intolérants pour elle.

Les croyants — qui croient autre chose que ce qu'elle enseigne — vont, par représailles l'attaquer quelquefois jusque dans son sanctuaire. Moi qui suis de ces croyants, je n'ai jamais été jusque-là ; je me suis contenté de faire rire de la livrée du catholicisme.

« Est-ce de l'impiété ? »

Et un spirituel ami de la maison, un critique qui a toujours montré un singulier penchant pour les citations latines, Jules Janin, ajoutait :

— Horace, ne s'est-il pas vanté de négliger les dieux ?

Parcus deorum cultor...

Et les fanatiques de son temps ne l'ont pas voué pour cela aux Euménides.

Si je rappelle à mon tour cette citation classique, un peu étrange sous la plume d'une femme, c'est que je la retrouve dans les notes de mon ami.

J'aurais mieux fait sans doute de raconter simplement la visite dont je fus témoin plus tard, dans notre habitation de Passy.

L'archevêque de Paris, Mgr Sibour, celui-là même qui devait tomber si tr .giquement sous le cot teau d'un prêtre révolté, avait donné la co..firmation aux jeunes enfants de Passy.

En passant rue Vineuse, il vint à l'idée au prélat de frapper à la porte du poète.

C'est moi qui ouvris ; si je fus interdite à la vue de la soutane violette, cela se devine.

Ce prince de l'Église rendant visite à celui qu'on appelait l'impie, me troublait fort.

Béranger était accouru au devant de l'illustre visiteur.

Il le fit entrer dans notre salon, asseoir dans le grand fauteuil — où il est mort depuis, et que Jules Janin a conservé comme un précieux et cher souvenir de son ami.

— J'ai lu vos chansons, lui dit Monseigneur.

— Je suis perdu, lui répondit le poète... Mais vous ne les avez pas lues toûtes.

Le prélat regardait en ce moment une image attachée à la cheminée, à la place où d'ordinaire on met une glace... quand on a une glace.

Cette image était un portrait.

— Aïe, aïe, dit Béranger, ne regardez pas ce portrait... il n'est pas beau.

C'était celui de Lamennais, notre intime ami.

— Il est comme moi, Monseigneur, un peu corsaire, il attaque les puissants et les forts. Seulement nous n'avons pas la même manière.

Monseigneur lui répondit :

— Dieu nous juge ! et il habite la maison du juste, qui a pris pour devise de sa vie :

Faire le bien !

— Hélas, répliqua Béranger, j'ai bien fait aussi un peu de mal.

CHAPITRE IX.

M. Thiers. — Le journaliste Martainville dénonce Béranger dans le *Drapeau blanc*. — Le chansonnier est traduit en cour d'assises. — L'avocat général Marchangy. — M. Dupin. — Trois mois de prison et cinq cents francs d'amende. — Le *Curé de notre hameau*; Les missionnaires ; Le *Vieux drapeau*. — Sainte-Pélagie. — Armand Carrel ; Paul-Louis Courrier ; Manuel ; Guinard ; Godefroy Cavaignac ; Armand Marrast. — Les bons porte-clefs de Sainte-Pélagie.

Mais si la gloire venait, le plaisir y perdait bien un peu de ses droits.

On négligeait maintenant les amusantes parties et les fêtes des environs de Paris.

On dînait moins à la guinguette, et la chanson prenant un vol plus élevé, mouillait à de plus rares intervalles le bout de son aile dans nos verres.

Les personnages politiques succédaient — sans les remplacer, hélas ! — aux joyeux amis de la bohême.

Lamennais, Thiers, Mignet, s'asseyaient dans notre modeste demeure, et les problèmes sociaux s'élaboraient là où les baisers et le rire faisaient autrefois leur nid.

M. Thiers, alors à ses débuts et fraîchement débarqué dans la capitale, était particulièrement l'ami de la maison. Entre le futur homme d'État et le chansonnier, des faiseurs de parallèles auraient pu, à cette époque, trouver plus d'un trait de ressemblance.

Ils avaient le même esprit libéral, le même talent primesautier, le même fond de vives et joyeuses réparties.

Ils avaient surtout le même héros : le grand capitaine tombé ; et tous deux en admirant son génie, lui adressaient les mêmes

Arago.

reproches, au nom de la liberté sacrifiée sur l'autel de la victoire.

Béranger et sa Lisette commençaient donc à devenir célèbres.

Mais, ainsi que le disait le vaudevilliste Antier, la gloire a des revers, comme les habits.

L'heure était près de sonner, où la justice allait demander compte au « faiseur de chansons » d'être un remueur d'idées.

Dénoncé par Martainville, qui, dans son journal : *le Drapeau blanc*, en avait appelé à l'autorité répressive, cinq chansons furent jugées délictueuses, séditieuses et licencieuses.

Après une longue série de démarches et de procédure, Béranger fut enfin cité à comparoir devant la Cour d'assises le 8 décembre 1821.

Suivez-moi,
C'est la loi !
Suivez-moi de par le roi !

La maladresse de ces poursuites avait en quelques jours doublé la popularité du poète, et 10,000 exemplaires de son recueil avaient été enlevés en moins d'une semaine.

Le fameux jour, je m'étais faite belle ; j'étais bien un peu inquiète sur le dénoûment de cette aventure ; mais je voulais être aussi près de lui que possible pour prendre ma part du triomphe que chacun lui présageait.

Détail plaisant : De bonne heure les portes avaient été assiégées par une telle foule que, lorsque Béranger se présenta pour prendre place sur le banc des accusés, il dut, après trois quarts d'heure d'efforts inutiles pour percer cette cohue, s'écrier, comme le larron qu'on menait pendre :

— Messieurs, de grâce... on ne peut pas commencer sans moi.

L'avocat général se nommait Marchangy. — Celui-là qui eut la triste gloire de faire tomber la tête des quatre sergents de la Rochelle.

Peut-être bien étais-je prévenue contre le magistrat, dont le rôle était de noircir le caractère et l'œuvre de mon poète : mais je le trouvai lourd et pâteux.

Et puis il lisait son réquisitoire... ou plutôt il le déclamait. Quant à Mᵉ Dupin, qui défendait Béranger, il fut éblouissant d'esprit, d'à-propos, de verve, de malicieux rapprochements.

Un instant même je crus que sans respect pour le solennel attirail de la justice, il allait chanter les couplets incriminés.

Il en parla !

Pourquoi ne les aurait-il pas chantés à l'audience, après tout ?

Les chansons ne sont pas seulement faites pour être lues ou récitées. Un dicton populaire affirme même que *l'air fait la chanson.*

Mᵉ Dupin n'en fut pas moins battu. Comme le jury, ainsi que le prétendaient nos amis — et le public — avait été soigneusement trié sur le volet, pour la circonstance, la victoire resta à Marchangy.

Et tandis que les juges discutaient les textes de loi et l'application de la peine, on faisait circuler dans la salle des couplets tout fraîchement éclos, que l'on copiait même sur le bureau du greffier.

O profanation ! Thémis voile ta face auguste !

> Déjà leur rage atteint mon indulgence,
> Au tribunal ils traînent ma gaîté.
> D'un masque saint ils couvrent leur vengeance
> Rougiraient-ils devant ma probité ?
> Ah ! Dieu n'a point leur cœur pour me maudire
> L'intolérance est fille des faux dieux.
> Ciel vaste et pur, daigne encore me sourire ;
> Echos des bois répétez mes adieux !

Béranger fut condamné à trois mois de prison, 500 francs d'amende ; plus à payer l'affichage et l'impression de l'arrêt à mille exemplaires.

Je fus cependant tout étonnée de cette faible peine, après l'énoncé « grandiose » des crimes qu'on lui imputait ? Outrage à la morale religieuse, aux bonnes mœurs ; excitation à la guerre civile, offense à la majesté royale.

Trois mois de prison, pour avoir essayé de renverser le trône et l'autel, n'était-ce pas s'en tirer à bon marché ?

Béranger avait osé se moquer, avec sa verve gauloise, de *mon curé :*

> Le curé de notre hameau
> S'empresse à vider son tonneau.

Il avait peint les bons missionnaires à sa façon :

> Satan dit un jour à ses pairs
> . . . .
> En vendant des prières,
> Vite soufflons, soufflons morbleu ;
> Eteignons les lumières,
> Et rallumons le feu !

Mais il y avait aussi le *Vieux drapeau?* quel épouvantail en avait fait l'accusation !

— Vous avez beau mettre cela sur l'air : *Elle aime à rire, elle aime à boire*, s'était écrié Marchangy, ce n'en est pas moins une *Marseillaise*, un cri de révolte sombre, un chant révolutionnaire :

> Quand secouerai-je la poussière
> Qui ternit tes nobles couleurs ! »

Enfin il fallut gravir cet escalier de Sainte-Pélagie qui avait été foulé déjà par tant de glorieux lutteurs.

A vrai dire la prison fut pour le condamné le temple du triomphe.

Que de jeunes intelligences se serraient alors autour du chansonnier ?

Armand Carrel qui tombera dans un duel fatal.

Paul-Louis Courrier, le roi du pamphlet.

Manuel que l'on *empoignera* en pleine assemblée.

Guinard, le condamné à mort.

Godefroy Cavaignac, l'austère républicain ;

Armand Marrast, glorieux dans sa défaite, grand dans sa pauvreté.

Et Trélat, le héros. Et tant d'autres que j'ai déjà nommés au cours de ces souvenirs.

Sainte-Pélagie mit le sceau à la popularité de Béranger.

— Savez-vous, disait alors le prisonnier, que dans les cafés, dans les théâtres, dans les marchés, partout on ne parle que de mon procès : On s'occupe plus de moi que de la Prusse, des Russes et des Turcs; si bien que ce procès fait le succès de mon livre ; il va le dorer sur tranche !

Cela le rendait heureux; non pas qu'il en tirât vanité, mais la popularité lui réjouissait le cœur.

Je me souviens de la joie naïve avec laquelle il me disait quelquefois :

— Je ne suis jamais seul dans la rue ou dans les bois; c'est à qui me demandera son chemin. Il faut aussi que j'aie une mine de cadran, car on ne manque jamais de m'aborder pour me dire : Quelle heure est-il ? — Cela s'étend aux petits enfants ; quand je passe, ils me sourient ou ils me tendent la main, et, bien mieux, je n'ai pas trouvé un chien perdu sans le voir s'attacher à mes pas.

Son cœur débordait d'amour pour tous, et il était heureux des témoignages de réciprocité qu'il recevait de tous.

Il chanta à Sainte-Pélagie :

> Bons porte-clés que j'aime,
> Géôliers pleins de gaîté,
> Par vous au Louvre même
> Que ce vœu soit porté :
>   Fi de la liberté
>   A bas la liberté !

CHAPITRE X.

La paille humide des cachots. — C'est infiniment mieux que chez moi. —
Le succès des chansons redouble. — Mort de Manuel. — Le quatrième volume
des chansons. — Second procès. — La police correctionnelle. — L'avocat du
roi Champanhet. — Béranger est défendu par M. Barthe. — Neuf mois de
prison et dix mille francs d'amende. — Les *Barbons* et les *Bourbons*. — Charles
le Simple et Charles X. — Les couplets sur le Sacre. — Popularité de
Béranger. — Une harengère et un fort de la halle.

Chaque jour, j'étais à l'heure réglementaire rue de la Clé.

Et je dois à la vérité de déclarer que la prison fut pour
Béranger une suite non interrompue de bonnes visites et d'of-
frandes de toutes sortes. La paille humide des cachots lui fut
très-supportable.

Si bien qu'il disait gaîment.

— La prison va me gâter !

Il occupait la cellule que venait de quitter Paul-Louis Courrier.
C'était une assez grande chambre saine, chaude et suffisamment
meublée. Aussi, s'était-il écrié, en y entrant, à la profonde
stupéfaction du directeur qui l'accompagnait :

— Mais c'est infiniment mieux que chez moi !

Nous avions en effet peu de meubles, dans notre gîte, pas de
poële, pas de cheminée, et une vieille couverture dont il s'affu-
blait dans les longues nuits froides, pour griffonner quelques
rimes.

En somme, le résultat de ce procès fut celui-ci :

Les chansons condamnées furent reproduites par les journaux
de toutes nuances et on évaluait à plusieurs millions d'exemplaires la reproduction de ces vers qu'on avait voulu frapper
d'interdit.

A partir de ce moment les relations de notre intérieur furent absolument politiques.

Cependant tous les chefs de l'opposition ne semblaient pas à Béranger aussi intelligents qu'ils se plaisaient à le dire... et à le faire croire.

Aussi préférait-il de beaucoup la compagnie de la jeunesse qui venait souvent lui dire ses espérances, ses rêves, ses projets d'avenir.

— Ceux-ci sont plus intelligents que ceux-là, répétait-il alors.

Et quand les tribuns et les amis politiques le remerciaient de son concours, il leur répondait, avec sa bonhomie si pleine de malice :

— Ne me félicitez pas des chansons faites contre nos adversaires ; remerciez-moi de celles que je ne fais pas contre vous.

Le fait est que, parfois au coin du feu, quand nous étions bien seuls, il me contait en riant les bons coups qu'il aurait pu tirer sur ses propres troupes ; et je garantis que le rire eût éclaté aussi franc et aussi sonore s'il avait voulu esquisser les tableaux dont il me montrait les cadres.

Il avait néanmoins parmi nos choryphées politiques de véritables et sincères amitiés.

L'un des chefs les plus énergiques de l'opposition, Manuel, était tout particulièrement le préféré de notre foyer.

Et quand le 20 août 1827, la mort vint frapper cet ami fidèle, la douleur de Béranger fut si poignante qu'il eut un instant le projet de quitter Paris et d'aller s'ensevelir dans quelque solitude.

J'eus peur de l'isolement pour cette nature si exubérante.

Nous n'étions plus, hélas ! aux premiers jours de notre intimité, et je n'étais plus suffisante à remplir sa vie.

Sans connaître le fameux axiome : « Diviser pour régner » je le mettais en pratique.

En le laissant éparpiller son amitié, j'étais plus certaine d'en garder la meilleure part pour moi.

Je favorisai de mon mieux les relations qui lui plaisaient fort d'ailleurs, de la jeunesse intelligente, active, tourmentée de cette époque.

C'est au milieu de cet entrain, de cette gaîté communicative, de cette ardeur juvénile, que Béranger songea à publier le quatrième volume de ses chansons.

Ce volume excita d'avance, dans le clan de nos connaissances politiques, des terreurs dont riait Béranger avec ses jeunes amis.

Quelques-uns de nos graves habitués rêvaient déjà des ministères... et les refrains du quatrième volume leur semblaient dangereux... pour leurs portefeuilles.

Il parut néanmoins..... et fut immédiatement poursuivi. Cette fois ce ne fut pas l'imposante mise en scène de la cour d'assises; le simple banc de la 6ᵉ chambre de la police correctionnelle parut suffisant pour le prévenu.

Le 10 décembre 1828 Béranger dut répondre à ces accusations formidables:

« Outrage à la morale publique;

« Outrage à la religion de l'État;

« Offense envers la personne du roi;

« Attaques à la dignité royale;

« Excitation à la haine et au mépris du gouvernement! »

L'avocat du roi se nommait cette fois M. Champanhet: une variété de Marchangy.

Le défenseur de Béranger était l'illustre Barthe.

M. Barthe fut à diverses reprises bruyamment et longuement applaudi, lorsqu'il parla du patriotisme du chansonnier.

— — Eh quoi! s'écria-t-il, pour ce poète que les autres nations nous envient, la France n'aurait-elle qu'une prison!

Les juges de la sixième chambre ne comprirent pas cette éloquente apostrophe:

Béranger fut condamné à neuf mois de prison et 10,000 francs d'amende! Il y avait progrès.

> Je paîrai donc, mais, las! que va-t-on faire
> De cet argent que si bien j'emploîrais?
> D'un substitut sera-t-il le salaire?
> D'un conseiller paiera-t-il les arrêts?

Lise est infidèle.

Déjà s'avance une main longue et sale
C'est la police et ses comptes courants
. . . .

Le lendemain de ce jugement, comme le lendemain de celui
de 1821, la foule s'arrachait les chansons interdites.

> De l'enfer serai-je habitant,
> Ou droit au ciel veut-on que j'aille ?
> Oui, dit l'ange ; ou bien... non, pourtant;
> Crois-moi, tire à la courte paille.

Dans les *Infiniment petits* il n'y avait que le refrain d'incriminable, par voie d'équivoque pourtant.

> Combien d'imperceptibles êtres,
> De petits jésuites bilieux,
> Des milliers d'autres petits prêtres,
> Qui portent de petits bons dieux !...
> Béni par eux tout dégénère,
> . . . .
> Mais les *barbons* règnent toujours.

On prétendait que Béranger avait écrit *barbons* pour faire prononcer *Bourbons*.

Et on ne se trompait pas de beaucoup, je dois l'avouer sincèrement, moi qui étais dans tous les secrets du poète.

Il y avait encore le *Sacre de Charles le Simple*.

On attribuait à Charles X ce surnom que l'Histoire avait pourtant donné bien avant lui à Charles III. Après cela, il n'eût pas fallu taquiner à ce sujet le chansonnier railleur.

— Je n'eus jamais la prétention d'être innocent aux yeux de la loi, dit-il ; en ce temps, et si on a reconnu Charles X, c'est qu'il y avait des traits ressemblants.

Les amis zélés n'en font jamais d'autres.

Les censeurs ressemblaient ici à ce passant qui, entendant dans la rue prononcer le mot imbécile, se jette sur la personne qui a prononcé ce mot et la rosse d'importance ; puis, courant chez son ami, lui dit avec conviction :

— On parlait dans la rue d'un imbécile, j'ai compris tout de suite que c'était de toi qu'il s'agissait ; mais sois tranquille ; j'ai corrigé l'insolent de main de maître !

Charles X avait été salué au retour de Reims par d'autres couplets :

Chamarré de vieux oripeaux,
Ce roi, grand avaleur d'impôts,
Marche, entouré de ses fidèles,
Qui tous, en des temps moins heureux,
Ont suivi les drapeaux rebelles
D'un usurpateur généreux.
Un milliard les met en haleine
C'est peu pour la fidélité...

Le peuple crie : oiseaux, nous payons notre chaîne ;
Gardez bien votre liberté !

Neuf mois, c'était sévère ! — mais Béranger ne regretta pas cette sévérité : le soir même, dans la rue, en rentrant chez lui il trouvait le baume qui convenait à sa blessure.

Une harengère et un fort de la halle causaient de son procès :

— Ce bon b..... de Béranger, disait l'homme, on va donc le remettre en prison ?

— Parbleu, répondait la dame, c'est parce qu'il n'y a plus que Laffitte et ce bon b..... de Béranger qui aiment le peuple.

— Il faut bien que cette bonne popularité me coûte quelque chose, ajoutait le condamné, rayonnant de joie en racontant l'aventure à son généreux ami Jacques Laffitte.

CHAPITRE XI.

Les jours gras de Béranger en 1829. — Souscription populaire. — Sainte-
Beuve, Victor Hugo, Alexandre Dumas. — Sortie de prison. — 1830 ! —
Le drapeau tricolore de la Colonne Vendôme. — Rouget de l'Isle. — L'auteur
de la *Marseillaise* est sauvé par Béranger. — Un médaillon de David (d'Angers).
— Le banquier Laffitte. — Histoire de deux *bons*. — Béranger et l'Académie.
— Une planche pour passer un ruisseau. — Louis-Philippe et le chansonnier
— L'épisode de la *Closerie des Lilas*. — Une pluie de fleurs.

Donc le voilà de nouveau sous les verrous.

La procession des envois et des visites recommence.

— Je suis chez moi toute la journée, dit-il à ses visiteurs,
mais je ne reçois que de une heure à trois ; mon portier n'ouvre
qu'à ces heures-là.

Vous pensez bien que je ne fus pas effrayée par les serrures
monstrueuses et les barreaux épais ; je suivis mon poète, comme
sa muse fidèle et gaie.

C'est avec moi qu'il avait chanté « Mon carnaval à Sainte-
Pélagie. »

> Quand la plus tendre était la plus jolie,
> Des fers alors m'auraient paru bien lourds ;
> J'entends au loin l'archet de la Folie :
> O mes amis, prolongez d'heureux jours.

C'est avec moi qu'il chanta encore « Mes jours gras
de 1829. »

> Mon bon roi, Dieu vous tienne en joie :
> Bien qu'en butte à votre courroux
> Je passe encor, grâce à Bridoie,
> Un carnaval sous les verrous.

> Ici fallait-il que je vinsse
> Perdre des jours vraiment sacrés !
> J'ai de la rancune de prince :
> Mon bon roi, vous me le paîrez !

Et voyez comme la prison rend injuste !... Ne s'avise-t-il pas de continuer sur le même ton :

> Vous connaissez Lise la folle,
> Qui sur mes fers pleure d'ennui,
> Ce soir même un bal la console ;
> Bah ! dit-elle, tant pis pour lui !
> J'allais pour complaire à la belle
> Nous peindre heureux sous votre loi ;
> Serviteur, Lise est infidèle :
> Vous me le paîrez, mon bon roi !

Et vous aussi, mon bon rimeur, vous me le paierez !

Puisque nous réglons nos comptes, je veux noter en passant que ce fut la jeunesse dont le chansonnier s'était fait l'ami — qui s'empara de l'idée d'une souscription pour couvrir l'amende de dix mille francs. Grâce à M. Bérard et au zèle de nos jeunes amis, on en vint à bout, au grand désespoir de tous les Bridoisons de l'administration.

En même temps que ce témoignage palpable et sonnant des nobles sympathies qu'il inspirait, il recevait la visite de jeunes écrivains dont les débuts annonçaient des maîtres.

Sainte-Beuve, le fin critique, qui lui décocha plus tard quelques pointes doucereuses ; — mais on n'a des amis que pour cela ;

Victor Hugo, le poète ardent, le chef de la révolution littéraire, qui s'annonçait imminente ;

Alexandre Dumas, qui arrivait tout fier de son premier succès au théâtre, et qui allait devenir le grand chef de la nouvelle école romantique.

Enfin, le jour de la liberté sonna.

J'avais entendu dire que l'on irait au-devant du prisonnier ;

et que la police, craignant une manifestation, avait mis sbires et limiers sur pied, de grand matin.

Aussi quel ne fut pas mon étonnement quand, me disposant à me rendre à la prison, je vis Béranger entrer tranquillement au logis, comme s'il revenait d'une promenade : aussi insouciant de sa liberté, qu'il avait été peu affecté de son emprisonnement !

— Ah ! ma bonne amie, s'écria-t-il en me pressant sur son cœur, je vieillis : j'ai revu mon beau Paris sans plus d'émotion que si je m'y étais promené la veille ; le cœur est usé puisqu'il ne bat plus à ce doux mot de liberté !

Si vieilli qu'il se prétendît, et malgré certains couplets cités plus haut, dont je lui gardais rancune, je savais bien qu'il y avait encore un mot pour faire battre son cœur.....

Il était naturel que les bras de Lisette en s'ouvrant lui procurassent une plus douce émotion que l'ouverture des portes de sa prison. . . . .

. . . .

Mil huit cent trente arrivait à pas de géant.

Charles X allait être détrôné par la chanson, comme disait un député à la Chambre.

Quand la tourmente révolutionnaire éclata enfin, beaucoup de gens furent persuadés que le chansonnier allait se jeter dans la mêlée et prendre sa part du gâteau.

A ceux qui s'efforçaient d'éveiller son ambition il murmurait, pour toute réponse, sur un air connu :

> Chers amis, laissez-moi de grâce.
> Laissez-moi dans mon petit coin !

Il eut, cependant, son heure de triomphe et d'honneur.

Un soir, chez Jacques Laffitte, au milieu d'une nombreuse réunion, le vendredi de la *grande semaine,* une dame qui lui était complétement inconnue traverse le salon, arrive jusqu'à Béranger, et, lui offrant un immense drapeau tricolore, elle lui dit :

— J'ai passé la nuit à le faire préparer ; c'est à vous, à vous seul que j'ai voulu le remettre pour que vous le fassiez replacer sur la colonne.

Il y avait là des députés, des journalistes célèbres, des chefs du mouvement populaire, toutes les illustrations de 1830.

Béranger, ému jusqu'aux larmes, insista pour que l'hommage du drapeau fût fait à ces représentants du peuple parisien.

— Non, non, répondit la dame inconnue ; c'est à vous, à vous seul, que je l'ai destiné.

Et elle disparut.

Ce drapeau fut immédiatement arboré sur la colonne Vendôme par les jeunes gens témoins de cette scène.

— Ce fut là, disait Béranger, une des plus flatteuses récompenses accordées à mon patriotisme.

Il n'en voulut pas d'autres. N'étant pas de ceux que tentent les sinécures, trouvant d'ailleurs dans le produit de ses œuvres de quoi suffire à ses modestes besoins, le poète repoussait toutes les offres de fonctions publiques qu'on lui faisait, et il était trop fier pour accepter des pensions « puisées dans le coffre que la nation s'épuise à remplir chaque année. »

— Je suis habitué à vivre de peu, disait-il.

— La fortune que vous refusez vous permettrait cependant de venir en aide aux malheureux.

— Oh! pour secourir ceux qui souffrent, je ne serais jamais embarrassé. Si j'ai des amis *pauvres*, j'en ai aussi de *riches* et même de *richissimes*, et la bourse de ceux-ci m'est toujours ouverte, quand il s'agit de venir en aide à ceux-là.

Béranger ne craignait pas, en effet, de demander pour les autres ce qu'il refusait pour lui.

Vers 1826, vivait à Paris, misérable et ignoré, un homme qui, dans une heure unique de génie, et dans un élan sublime de patriotisme, avait trouvé, comme disait Jules Janin, la plus grande et la plus terrible invocation qui ait jamais été faite à l'étoile, à la terre, aux puissances d'en haut, aux épouvantes d'en bas.

Des lèvres de cet homme avait jailli le cri qui sauve et qui tue, l'Hymne immortel qui devait soulever les plus nobles et les plus énergiques passions :

Le Chant national de la France : *la Marseillaise !*

Cet homme, c'était Rouget de l'Isle.

Qui eût songé, à l'heure où quatorze armées volaient à la frontière avec ce chant magique pour mot d'ordre, que celui qui l'avait entonné pour la première fois, à qui la France devait tant de héros, tant de victoires, tant de belles pages, manquerait d'un morceau de pain !

Cela était pourtant : isolé, abandonné, oublié, Rouget de l'Isle manquait littéralement de pain !

Cette honte devait être encore dépassée.

Le chantre inspiré qui porta aux quatre coins du monde ce cri si français de Liberté ! venait d'être traîné en prison, pour une misérable dette de cinq cents francs !

Quel profond étonnement fut celui des jeunes dissipateurs et des écervelés de la prison pour dettes, quand le geôlier jeta un jour au milieu d'eux ce nom terrible et superbe de Rouget de l'Isle !

Le pauvre petit chansonnier apprit par hasard cette navrante histoire, et se mit aussitôt à l'œuvre pour réparer les torts d'une nation oublieuse.

Il s'enquit du créancier ; grâce à quelques amis on l'indemnisa ; et c'eût été un joli tableau à faire, que celui de Béranger se jetant dans les bras de Rouget de l'Isle à la porte de Sainte-Pélagie, qu'il venait de lui ouvrir.

Il était fier, Rouget de l'Isle ; ne voulant être à charge à personne, il parlait de suicide.

Une souscription tentée par Jacques Laffitte, en compagnie de Viennet et de Chatelain, du *Courrier Français,* n'avait pas abouti.

Béranger ne se découragea pas.

Et voilà que David (d'Angers), le plus grand sculpteur de ce temps, taille, en plein marbre, un médaillon représentant Rouget de l'Isle.

On met ce médaillon en loterie, à vingt francs le billet.

J'avais maîtresse jeune et belle.

C'est moi qui pris le premier billet.

— Ah! pour le coup, nous allons remonter notre garde-robe! disait Béranger en voyant le succès de la loterie.

— Oui, mon cher Rouget de l'Isle, je me rappelle le temps

où je n'avais qu'un pantalon ; je veillais sur lui avec un soin tout
paternel, et l'ingrat me jouait les tours les plus perfides. Heureusement que je possède un talent qui vous manque certainement.

Et, me prenant comme à témoin, il poursuivait en me regardant :

— Je fais une reprise et je raccommode un bouton aussi bien
qu'un tailleur ; voilà ce que c'est que d'être du métier. Quant à
vous, mon gentilhomme, qui n'avez pas été élevé aussi bien que
moi, il vous faut du neuf.

En même temps les événements de 1830 arrivaient pour
mettre la dernière main à l'œuvre du chansonnier.

Le roi de la révolution savait la *Marseillaise* par cœur, il tendit la main à Rouget de l'Isle.

Il le fit chevalier de la Légion d'honneur et lui donna une
pension.

Je pourrais citer bien des actes semblables de la vie de
Béranger.

Il n'avait des amis puissants que pour arracher des malheureux à la prison et à l'exil.

M. Villemain, quand il était ministre, s'informait près de lui
des infortunes que le gouvernement aurait bien dû découvrir
tout seul.

M. Laffitte était son Mécène ordinaire.

Il payait à vue tous les *bons* de Béranger.

Deux de ces bons sont restés célèbres :

« Mon cher Laffitte,

« Veuillez prêter 5,000 francs à mon ami Bérard, qui en
» a le plus pressant besoin. C'est un honnête homme, il vous
» les rendra, j'en réponds. »

Et le même jour.

» Veuillez aussi prêter à M. Baour-Lormian, 5,000 francs
» dont il a pareillement besoin. Je ne le connais pas assez

» pour répondre de lui, mais, néanmoins, prêtez-lui cette somme
» qui lui est nécessaire. »

— Et M. Jacques Laffitte acquittait à caisse ouverte ces
bons à vue tirés par l'amitié sur une généreuse opulence.

Cependant Chateaubriand s'était mis en tête de le faire entrer
à l'Académie française.

— Un chansonnier à l'Académie ! Y pensez-vous ? s'écriait
Béranger ; c'est comme si vous vouliez faire un évêque d'un
meunier. Laissez-moi donc, je vous prie, à mon moulin.

— Vous êtes aussi trop modeste, répliquait l'auteur du *Génie
du Christianisme*. Est-ce qu'une chanson ne vaut pas une fable ?
Est-ce que La Fontaine ne s'est pas assis dans le fauteuil des
immortels, tout en restant le fabuliste, ou plutôt le *fablier*,
comme disait Mme de La Sablière ? *Fablier* et *chansonnier*, c'est
tout un. D'ailleurs n'avez-vous pas *élevé la chanson jusqu'à la
hauteur de la gloire ?*

Quelques années plus tard, comme on inaugurait la statue de
Molière sur la fontaine de la rue de Richelieu, les étudiants se
réunirent pour venir jusqu'à Passy chercher Béranger, et le
porter, en triomphe, à l'Académie.

Heureusement il fut prévenu de cette émeute toute littéraire.

C'est moi qui bénéficiai de l'effervescente idée de ces jeunes
gens.

Béranger m'emmena souper à la campagne, dans une de ces
guinguettes qu'il préférait de beaucoup aux salles à manger des
Lucullus du jour.

— Ma bonne amie, me disait-il, me voyez-vous en habit
brodé, avec un chapeau à plumes et une épée... exposé à
rendre visite à l'hôte de ces Tuileries dont j'ai si souvent cassé
les vitres ?

Et toujours ainsi, il se tint à l'écart des honneurs, des titres,
des acclamations, ne croyant guère à la conscience politique de
ses « amis devenus ministres » et prédisant, dès les premiers
jours de la monarchie de Juillet, que ce régime n'était qu'une
préparation à la République :

— Une planche pour passer le ruisseau.

Louis-Philippe, à qui Lafayette rapportait ce propos du vieux chansonnier, répondait gaîment par sa gasconnade fameuse :

— Est-ce qu'il a la prétention d'être plus républicain que moi ?

Béranger riposta alors par une chanson qui troubla un instant la cour citoyenne :

> Je croyais qu'on allait faire
> Du grand et du neuf,
> Même étendre un peu la sphère
> De quatre-vingt-neuf.
> Mais point, on rebadigeonne
> Un trône noirci.
> Chanson, reprends ta couronne.
> Messieurs, grand merci !

Il avait résisté à toutes les prières de ses amis, de Thiers, de Laffitte, qui lui assuraient que le roi de la bourgeoisie le traitait déjà de boudeur.

— Je suis trop vieux pour faire de nouvelles connaissances, répondait-il.

Et comme ils insistaient, en lui faisant observer que l'on était admis chez le fils de Philippe-Égalité, sans façon, sous le simple frac et même en bottes :

— Bien, bien, répliquait-il : des bottes aujourd'hui, des bas de soie dans quinze jours, avec l'habit brodé et les culottes courtes... Vous ne m'y prendrez pas.

Mais, à moi, il confessait que sa curiosité souffrait un peu de ces refus, et qu'il regrettait, comme étude de mœurs, le spectacle de la nouvelle cour de *Sa Majesté citoyenne*. Il n'eût pas manqué d'y trouver motif à quelque bon couplet.

Plus il vieillissait, plus il devenait jaloux de son indépendance.

La popularité, à vrai dire, si douce à son cœur, nous avait joué parfois de vilains tours.

Nous avions même dû fuir devant elle et quitter Paris, pour résider à Fontainebleau, puis à Tours.

— La réputation est une dépendance fâcheuse, disait-il. Passe encore si la réputation était toujours de la gloire, mais elle n'est souvent qu'une stérile gloriole.

Un de mes plus doux souvenirs vient ici sous ma plume, et je ne puis résister au plaisir de le fixer sur cette page de mes mémoires, quoiqu'il soit postérieur aux événements que je raconte en ce moment.

La Closerie des Lilas avait remplacé la Grande Chaumière, chère aux étudiants et aux grisettes de 1832.

Un jour, il nous prit fantaisie d'aller, en bons bourgeois, bras dessus, bras dessous, passer la soirée sous ces ombrages piqués de lampions, nous égayant incognito au milieu de cette bruyante jeunesse, espoir du barreau et de la clinique.

Béranger avait endossé sa grande houppelande et rabattu son chapeau sur les yeux.

J'avais mis mon tour blond foncé, frisé à l'anglaise, un joli bonnet à barbes en dentelles, avec un serre-tête en dessus, une robe de soie gorge-de-pigeon, faite en douillette. Vous voyez d'ici le tableau, ami lecteur.

Nous pénétrons sous un bosquet, cherchant l'endroit le plus obscur, tout en devisant et songeant au passé.

— Qu'est-ce que cela? me dit Béranger, en faisant un haut-le-corps.

L'orchestre venait d'interrompre un de ses plus entraînants quadrilles, pour attaquer l'air de la *Chanson de Lisette*.

Puis on nous entoure; une immense clameur retentit, et une pluie de fleurs nous couvre tous deux.

La jeunesse des Écoles avait reconnu son barde, et le saluait de ses vivat.

CHAPITRE XII

Adieux à la chanson. — Serments d'amour, serments d'ivrogne ; serments de chansonnier. — La restauration de la chanson. — Aux Belges. — Ponia-towski. — Le recueil de 1833. — Suicide de Victor Escousse et Lebras. — La *Jeune France*. — Redoublement de popularité. — Les ennuis de la célébrité. Le *Roi d'Yvetot* en sucre. — Trois vers sur un album. — Béranger se retire à Fontainebleau.

Béranger, après la révolution de 1830, avait cru que le règne de la chanson était terminé en France.

Une lettre qu'il écrivit à un de ses amis, à cette époque, et dont je retrouve une copie dans de vieux papiers, précieuses reliques de mon ami, exprimait son sentiment à cet égard.

« Jusqu'à présent, disait-il, je n'ai eu qu'à me louer de la jeunesse, je n'attendrai pas qu'elle me crie : Arrive, bonhomme, laisse-nous passer ! Je sors de la lice, pendant que j'ai encore la force de m'en éloigner. Trop souvent, au sein de la vie, nous nous laissons surprendre par le sommeil, sur la chaise où il vient nous clouer. Mieux vaudrait l'attendre au lit dont on a si grand besoin. Je me hâte de gagner le mien, quoiqu'il soit un peu dur.

« Quoi ! me dira-t-on, vous ne ferez plus de chansons ?

« Je ne promets pas cela, entendons-nous ; je promets de n'en pas publier davantage. Aux jours de travail succèdent les dégoûts du besoin de vivre. Bon gré, mal gré, il faut trafiquer de la muse : le commerce m'ennuie ; je me retire.

« Mon ambition n'a jamais été au-delà d'un morceau de pain pour mes vieux jours ; elle est satisfaite, bien que je ne sois pas même électeur, et que je ne puisse pas même espérer jamais l'honneur d'être éligible, en dépit de la Révolution de Juillet.... à qui je n'en veux pas pour cela.... »

Serment d'amour, serment d'ivrogne, tous les serments se valent... y compris, dit-on, les serments politiques. Lisette n'a aucune espèce de compétence pour juger de ces derniers ; mais son ami devait lui prouver bientôt que les serments de chansonnier ne valent pas mieux que les autres.

Quelques mois s'étaient à peine écoulés depuis la lettre dont je viens de donner un fragment, que Béranger lançait dans le public une nouvelle chanson, qu'il intitulait :

La restauration de la chanson.

> Oui, chanson, muse ma fille,
> J'ai déclaré net,
> Qu'avec la Charte et sa famille
> On te détrônait.
> Mais chaque loi qu'on nous donne,
> Te rappelle ici ;
> Chanson, reprends ta couronne.
> — Messieurs, grand merci !
>
> Je croyais qu'on allait faire
> Du grand, du neuf,
> Même étendre un peu la sphère
> De Quatre-vingt-neuf.
> Mais point ! On rebadigeonne
> Un trône noirci.
> Chanson, reprends ta couronne.
> — Messieurs, grand merci !
>
> Basse-cour des ministères,
> Qu'en France on honnit,
> Nos chapons héréditaires
> Sauveront leur nid.
> Les petits que Dieu leur donne
> Y pondront aussi.
> Chanson, reprends ta couronne.
> — Messieurs, grand merci !

Ces *chapons héréditaires* étaient les pairs de France, ni plus ni moins.

Comme il n'y a que la première chanson qui coûte, après la

« Restauration de la chanson, » Béranger publia un chant adressé aux Belges, qui venaient, eux aussi, de faire leur révolution, et qui voulaient se donner le luxe d'un roi :

> Finissez-en, mes frères de Belgique,
> Faites un roi, morbleu ! Finissez-en.
> Depuis huit mois, vos airs de République
> Donnent la fièvre à tout bon courtisan.
> D'un roi toujours la matière se trouve :
> C'est Jean, c'est Paul, c'est mon voisin ; c'est moi.
> Tout œuf royal éclot sans qu'on le couve.
> Faites un roi, morbleu ! Faites un roi !

Deux chansons furent ensuite consacrées à la Pologne . *Poniatowski* et *Hâtons-nous !*

> Ah ! si j'étais jeune et vaillant,
> Vrai hussard je courrais le monde,
> Retroussant ma moustache blonde
> Sous un uniforme brillant,
> Le sabre au poing et bataillant.
> Va, mon coursier ; vole en Pologne,
> Arrachons un peuple au trépas.
> Que nos poltrons en aient vergogne !
> Hâtons-nous ! l'honneur est là-bas.

> Si j'étais jeune, assurément,
> J'aurais maîtresse jeune et belle.
> Vite en croupe, mademoiselle,
> Imitez le beau dévouement
> Des femmes de ce peuple aimant.
> Vendez vos parures : oui, toutes ;
> En charpie emportons vos draps.
> De son sang sauvez quelques gouttes.
> Hâtons-nous ! l'honneur est là-bas.

Avez-vous remarqué, cher lecteur, ces deux vers du dernier couplet : « Si j'étais jeune, assurément, j'aurais maîtresse jeune et belle ! »

Nous sommes en ce moment au mois de septembre 1831. Or,

Béranger étant né le 17 août 1780, il vient donc d'entrer dans
sa cinquante-deuxième année, et Lisette, de son côté, a doublé
depuis quelque temps le cap redoutable de la quarantaine.

· Hélas! je commence à devenir une vieille femme; aussi ne
soyez pas surpris de ne pas retrouver le nom de Lisette dans

le nouveau recueil que va publier Béranger. Plus de Listtee, plus d'amours !

Mais rassurez-vous cependant. Les pages qui suivront auront encore des fleurs et des parfums de jeunesse ; car il me reste le souvenir.

Ce nouveau recueil parut en 1833.

Béranger ne rit guère plus : il a cinquante-deux ans !

> Ma gaîté s'en est allée.
> A ma pauvre âme isolée,
> Sage ou fou qui la rendra,
> Dieu l'en récompensera.

Lisette, les belles filles, le vin ont inspiré les chansons de sa première jeunesse.

La gloire a été ensuite sa muse.

Il a chanté un peu plus tard la France et le peuple.

Aujourd'hui les questions sociales lui ouvrent de nouveaux horizons :

Écoutez le *Contrebandier* :

> Nos gouvernants, pris de vertige,
> Des biens du ciel triplant le taux,
> Font mourir le fruit sur sa tige,
> Du travail brisent les marteaux.
>   Pour qu'au loin il abreuve
>   Le sol et l'habitant,
>   Le bon Dieu crée un fleuve :
>   Ils en font un étang.

Voici maintenant le *Vieux Vagabond* :

> Le pauvre a-t-il une patrie ?
> Que me font vos vins et vos blés,
> Votre gloire et votre industrie,
> Et vos orateurs assemblés ?...
> Oui, je meurs ici de vieillesse,
> Parce qu'on ne meurt pas de faim.

J'espérais voir de ma détresse
L'hôpital adoucir la fin.
Mais tout est plein dans chaque hospice,
Tant le peuple est infortuné !
La rue, hélas ! fut ma nourrice ;
Vieux vagabond, mourons où je suis né !

Vient ensuite *Jeanne la Rousse ou la Femme du Braconnier* :

Un enfant dort à sa mamelle,
Elle en porte un autre à son dos :
L'aîné, qu'elle traîne après elle,
Gèle pieds nus dans ses sabots.
Hélas ! des gardes qu'il courrouce
Au loin le père est prisonnier.
Dieu ! veillez sur Jeanne-la-Rousse !
On a surpris le braconnier.

Le *Vieux Vagabond* nous a dit la misère des villes ; *Jacques*
va nous dire celle du paysan, rongé par l'usure et le fisc :

Où compte avec cette masure,
Un quart d'arpent, cher afferné :
Par la misère il est fumé ;
Il est moissonné par l'usure.
Lève-toi, Jacques, lève-toi :
Voici venir l'huissier du roi.

Beaucoup de peine et peu de lucre,
Quand d'un porc aurons-nous la chair ?
Tout ce qui nourrit est si cher,
Et le sel aussi, notre sucre !
Lève-toi, Jacques, lève-toi :
Voici venir l'huissier du roi !

Dans les *Fous*, Béranger s'élève à une hauteur qu'il n'avait
jamais atteinte, même au temps de ses beaux hymnes patrio-
tiques :

Combien de temps une *pensée*,
Vierge obscure, attend son époux !
Les sots la traitent d'insensée ;
Le sage lui dit : Cachez-vous.

Mais, la rencontrant loin du monde,
Un fou, qui croit au lendemain,
L'épouse : elle devient féconde,
Pour le bonheur du genre humain.

Toutes les misères, toutes les souffrances sociales eurent un écho dans ce recueil de 1833, y compris le *Suicide.*

Cette dernière chanson (si le mot chanson peut être employé pour un objet aussi lugubre) était consacrée à la mémoire de deux jeunes poëtes, Victor Escousse et Lebras, qui, le lendemain d'un insuccès au théâtre de l'Odéon, — la chute d'un assez mauvais mélodrame intitulé *Raymond,* si je m'en souviens bien, — s'étaient suicidés de compagnie, dans leur mansarde, pour échapper aux luttes et aux déceptions de la vie littéraire.

Victor Escousse avait dix-neuf ans, et Lebras entrait à peine dans sa dix-septième année.

La lassitude, les découragements précoces étaient en grande vogue dans l'école romantique ; mais la plupart des *Jeune-France,* comme s'appelaient tous ces poëtes pâles, imberbes et chevelus, ne mouraient guère d'ennui ou de sombre désespoir que dans leurs recueils d'élégies à couverture jaune. Escousse et Lebras, eux, avaient pris la chose au sérieux.

Ces deux jeunes poëtes étaient venus voir trois ou quatre fois Béranger à Passy, où il habitait alors, et le bon chansonnier avait essayé de calmer la singulière effervescence de leur tempérament littéraire.

Aussi leur fin tragique l'affecta-t-elle beaucoup, et il consacra à leur mémoire, comme je l'ai dit, une de ses plus belles et de ses plus pures inspirations.

Quoi ! morts tous deux dans cette chambre close
Où du charbon pèse encor la vapeur!
Leur vie, hélas! était à peine éclose ;
Suicide affreux ! Triste objet de stupeur !
Ils auront dit : « Le monde fait naufrage,
Voyez pâlir pilote et matelots ;
Vieux bâtiment usé par tous les flots,
Il s'engloutit : Sauvons-nous à la nage! »

Et vers le ciel se frayant un chemin,
Ils sont partis en se donnant la main.

Pauvres enfants ! L'écho murmure encore
L'air qui berça votre premier sommeil.
Si quelque brume obscurcit votre aurore,
Leur disait-on, attendez le soleil.
Ils répondaient : « Qu'importe que la sève
Monte enrichir les champs où nous passons !
Nous n'avons rien, arbres, fleurs ni moissons ;
Est-ce pour nous que le soleil se lève ?... »
Et vers le ciel, se frayant un chemin,
Ils sont partis en se donnant la main.

Dieu créateur, pardonne à leur démence ;
Ils s'étaient faits les échos de leurs sons ;
Ne sachant pas qu'en une échelle immense,
Non pour nous seuls, mais pour tous nous naissons.
L'humanité manque de saints apôtres,
Qui leur aient dit : « Enfants, suivez sa loi !
Aimer, aimer, c'est être utile à soi ;
Se faire aimer, c'est être utile aux autres ! »
Et vers le ciel, se frayant un chemin,
Ils sont partis en se donnant la main.

La publication du recueil de 1833 valut à mon cher poëte un redoublement de popularité.

Son modeste logis de Passy fut littéralement envahi par une foule d'admirateurs... importuns, qui ne lui laissaient plus un moment de repos.

Je retrouve, dans une des nombreuses notices qui furent publiées, il y a une vingtaine d'années, sur le chansonnier, quelques jolis détails à ce sujet, que je veux reproduire ici, pour plusieurs excellentes raisons... D'abord parce qu'ils sont très-exacts, et que je puis en garantir l'authenticité, en ma qualité de témoin oculaire ; ensuite parce qu'ils sont peu connus ; enfin, parce que, les ayant racontés moi-même, dans le temps, au biographe dont il s'agit, je ne fais que reprendre mon bien en les introduisant dans mes Mémoires.

« Béranger aimait assez le bruit qui se faisait autour de ses

œuvres; mais il eût préféré l'entendre de loin et sans être vu...
L'admiration du public le fatiguait, la louange en face le
blessait.

« Or, la révolution de Juillet l'avait placé sur une sorte de
piédestal : elle en avait fait une véritable puissance.

« Son talent, sa popularité, son courage, sa persistance dans
la lutte sous la Restauration, son triomphe personnel dans les
glorieuses journées, son influence après la victoire des Parisiens, firent de lui, pendant quelque temps, l'homme du
moment.

« Obsédé de mille demandes, assailli de mille visites plus
futiles les unes que les autres, harcelé par cette foule de curieux
étourdis qu'attire toute célébrité, il songea sérieusement à
quitter Paris pour se dérober à se popularité.

« Dans ce flot toujours croissant de visiteurs, de solliciteurs,
de curieux, de gêneurs, une de ses tribulations les plus
pénibles était les trop fréquentes demandes qu'on lui faisait
d'écrire quelques vers sur des *albums*.

« Deux de ces impromptus avaient eu un succès prodigieux.

« L'un, adressé à une jolie femme, madame Amédée de V...,
était ainsi conçu :

> Que bien longtemps cet album vous redise
> Qu'un chansonnier tendre, mais déjà vieux,
> Trouvant en vous, bonté, grâce, franchise,
> Fut un moment la dupe de vos yeux.
> Quoi! par amour? Non, il n'y doit plus croire.
> Mais, las! il prit, par vous trop bien flatté,
> 　　Pour un sourire de la gloire
> 　　Le sourire de la beauté.

« L'autre impromptu avait été fait à la suite d'une circonstance assez singulière.

« Un confiseur renommé de Paris, nommé Terrier, avait eu
l'idée de traduire *en bonbon* la chanson du *Roi d'Yvetot*.

« A titre d'hommage, il vint offrir à Béranger un exemplaire
de son histoire en sucre. »

Ici j'interromps ma citation, pour apprendre au lecteur que ce fut moi qui croquai cette excellente sucrerie.

« Béranger trouva l'idée si plaisante, qu'il envoya au confiseur, comme réclame, le couplet suivant :

> Cher Terrier, quel honneur pour moi !
> Hé quoi ! sans flatterie,
> Vous mettez de mon petit roi
> L'histoire en sucrerie !
> Grâce à vous ce roi généreux
> Va faire à son gré des heureux,
> Ah ! pour lui quel doux lucre !
> S'il n'en fait encore dans un an,
> Cher Terrier, que je sois un Jean !...
> Un Jean !...
> Un Jean !...
> Que je sois un Jean sucre !

On comprend combien de tels couplets devaient affriander les amateurs de ces petites vanités. Béranger était littéralement assiégé de ces sortes de demandes. Or, un jour qu'un acharné solliciteur lui demandait, comme une grâce, d'écrire seulement trois lignes sur l'album d'une dame, enrichi déjà de plusieurs autographes de notabilités, Béranger prit sa plume gauloise et écrivit sur la plus belle page :

> Il est un Dieu, devant lui je m'incline,
> Pauvre et content, ne lui demandant rien...
> *Que la suppression des albums !*

Il y avait, cependant, quelques compensations à ces ennuis, et toutes les visites que le chansonnier recevait dans son modeste ermitage de Passy n'avaient pas le caractère d'importunité.

Voici, entre autres épisodes touchants, une scène qui vaut son pesant... de cœur.

Un jour Béranger voit arriver chez lui un vieillard appartenant à la classe ouvrière. Il était assez pauvrement, mais proprement vêtu.

A l'aspect de mon ami, qui s'était levé pour le recevoir, en robe de chambre, calotte en tête, le vieillard s'arrêta, muet, interdit, embarrassé, agitant les lèvres, sans pouvoir dire un mot, mais le sourire dans les yeux.

— Que voulez-vous ? lui demanda Béranger, avec bonté.

Plus interdit que jamais, le visiteur continuait à rouler son chapeau dans ses mains, sans mot dire. Enfin, faisant un effort sur lui-même, et comme un homme qui prend un parti héroïque ;

— Ah ! monsieur Béranger, s'écrie-t-il, il faut me pardonner : voici la chose. Depuis trente-cinq ans que j'ai quitté le service, pour me faire ouvrier menuisier, car vous saurez que j'ai été soldat sous *l'autre*, il n'est pas de jour que je n'aie chanté vos chansons : je les sais toutes par cœur. Les jours de travail, elles étaient mon délassement. les jours de fête, ma joie ; enfin, c'était une partie de ma vie, quoi ! et une bonne partie, allez. Maintenant, je suis vieux, je ne puis plus travailler ; mais j'ai de braves enfants, de bons sujets, qui me font une petite rente, et avec ça, je vis tout doucement. Le dimanche, quand je vais dîner chez l'un ou chez l'autre, c'est toujours moi qui chante de vos chansons au dessert, et ça me rappelle le bon temps où je n'étais manchot ni au travail ni au plaisir. Alors, je me suis dit : Pierre, te voilà vieux, maintenant ; bientôt tout sera fini pour toi ; il ne faut pas que tu meures, sans avoir vu ce monsieur Béranger, qui t'a tant fait chanter, et qui t'a mis tant de joie dans le cœur, par des refrains. Et je suis venu pour vous voir : voilà !

Béranger était profondément ému.

— Vous trouvez peut-être ça bête, reprit le vieillard ; mais il ne faut pas m'en vouloir ; c'est tout franc et tout cœur, et vous ne sauriez croire le plaisir que ça me fait, de vous voir. Ainsi, vous ne m'en voulez pas, n'est-ce pas ?

— Voyez, mon ami, si je vous en veux, lui dit Béranger.

Et il lui tendit les deux mains.

Le brave ouvrier les prit dans les siennes, et, les serrant avec effusion :

— Monsieur Béranger, s'écria-t-il, ces deux mains qui serrent

les vôtres, sont celles d'un honnête homme, et pas fainéant,
allez !

Des larmes de joie et d'attendrissement roulaient en même
temps sur les joues ridées du vieil ouvrier. Il reprit :

— Monsieur Béranger, je suis bien vieux ; c'est la première fois que je vous vois ; ce sera probablement la dernière... Vous êtes si bon !... Tenez, puisque nous y sommes, faites-moi encore un plaisir... Laissez-moi vous embrasser ?

— Ah ! mon pauvre ami, de tout mon cœur ! s'écria le chansonnier, dont les yeux venaient aussi de s'humecter.

Il lui ouvrit les bras.

Quel jóli sujet de vignette, pour les œuvres illustrées de l'ami de Lisette !

Le peuple embrassant son chansonnier.

Béranger n'en résolut pas moins de quitter Paris et d'aller résider à la campagne.

Pour le Parisien, la province et la campagne sont synonimes.

Il choisit Fontainebleau pour le lieu de sa retraite, et alla s'y installer, au printemps de l'année 1834, dans une jolie petite maison, sur la lisière de la forêt.

CHAPITRE XIII

La brume d'automne. — La chanson du *Grillon*. — Illusions perdues. — Les satisfaits et les ventrus. — L'*utopie* de Béranger. — La femme est une grande inutilité. — Protestation de Lisette. — Béranger à Tours. — La maison de la rue Chanoineau — La Grenadière. — Une page de Balsac. — Les oiseaux. — Béranger joueur de boules. — L'abbé Bernardeau. — Installation à Fontenay-aux-Roses. — Béranger revient à Passy, rue Vineuse.

Béranger passa deux années dans sa verte retraite de Fontainebleau.

Lisette avait cessé de régner : une autre avait pris sa place, au modeste foyer du chansonnier. Mademoiselle Judith Frère était auprès de lui ; et les refrains que celle-ci lui inspirait n'avaient plus la franche gaîté, la verve gauloise, la séve printanière des gaudrioles de mon temps.

Comme une brume d'automne qui estompe un beau paysage, et répand sur lui une teinte mélancolique, une brume de philosophie enveloppait désormais les couplets de mon cher poëte. Plus de vifs et joyeux rayons de soleil, plus de chants d'amour, plus de fleurettes, plus de lits de gazon : les feuilles ne sont pas encore tombées, mais elles jaunissent déjà, et les grands bois n'ont plus de ces mystérieuses retraites où les baisers font leurs nids.

Aussi, la seule chanson que Béranger composa à Fontainebleau, est-elle empreinte de ce sentiment de tristesse et de douce amertume, — si je puis accoupler ces deux mots — qui caractérise l'âge de la réflexion et des déceptions.

Elle était intitulée *Le Grillon :*

> Au coin de l'âtre où je tisonne
> En rêvant à je ne sais quoi,

Petit grillon, chante avec moi,
Qui, déjà vieux, toujours chansonne.
Petit grillon, n'ayons ici,
N'ayons du monde aucun souci.

Nos existences sont pareilles ;
Si l'enfant s'amuse à ta voix,
Artisans, soldats, villageois
A la mienne ont charmé leurs veilles.
Petit grillon, n'ayons ici,
N'ayons du monde nul souci.

N'es-tu pas sylphe ou petit page
De quelque fée au doux pouvoir,
Qui t'adresse à moi pour savoir
A quoi le cœur sert à mon âge ?
Petit grillon, n'ayons ici,
N'ayons du monde nul souci.

Non, mais en toi, je le veux croire
Revit un auteur qui, jadis,
Mourut de froid dans son taudis,
En quêtant un rayon de gloire.
Petit grillon, n'ayons ici,
N'ayons du monde nul souci.

La gloire ! Est fou qui la désire ;
Le sage en dédaigne le soin.
Heureux qui recèle en son coin,
Sa foi, ses amours et sa lyre.
Petit grillon, n'ayons ici,
N'ayons du monde nul souci.

Ah ! si tu fus ce que je pense,
Ris du lot qui t'avait tenté:
Ce qu'on gagne en célébrité.
On le perd en indépendance.
Petit grillon, n'ayons ici,
N'ayons du monde nul souci.

Au coin du feu, tous deux à l'aise
Chantant, l'un par l'autre égayés,

Prions Dieu de vivre oubliés,
Toi dans ton trou, moi sur ma chaise.
Petit grillon, n'ayons ici,
N'ayons du monde nul souci.

Ce monde, dont Béranger ne voulait plus avoir aucun souci,
dans sa retraite de Fontainebleau, n'était pas seulement le
monde « de la célébrité littéraire, » mais aussi le monde de la
politique.

Que d'illusions perdues pour lui, depuis la grande semaine de
juillet! Non pas qu'il eût pris au sérieux, après la révolution
de 1830, cette fameuse gasconnade de la *Meilleure des répu-
bliques ;* mais il avait cru, du moins, que le progrès se dévelop-
perait pacifiquement, à l'ombre de ce drapeau tricolore que la
France libérale avait glorieusement reconquis.

Il n'y fallait plus compter. Les nobles couleurs de 1789 ne
servaient guère qu'à abriter « la paix à tout prix » et les voraces
appétits des *satisfaits ;* car voilà à quoi avaient abouti, en fin de
compte, les trois journées populaires : substituer les *satisfaits*
de la monarchie bourgeoise aux *ventrus* de la monarchie lé-
gitime.

Mais Béranger ne pouvait rester indifférent aux souffrances
du peuple.

N'a-t-il pas dit dans la préface d'un de ses recueils de
chansons :

« Le bonheur du genre humain a été le rêve de toute
ma vie. »

Il avait donc, lui aussi, son système de réforme sociale, son
utopie, et voici, si ma mémoire m'est bien fidèle, en quels termes
il l'avait formulée, avant son départ de Passy pour Fontainebleau, dans une réunion de quelques amis intimes, à laquelle
j'assistai :

« On a dit que le monde est en travail d'une forme nouvelle,
ou, si l'on veut, d'une transformation. Cela pourrait bien être :
tout y pousse.

« Mille rêveurs s'occupent dans ce but de l'organisation de l'ensemble. Je crois qu'il faudrait commencer par l'organisation des détails.

« Ainsi, par exemple, je voudrais que l'on procédât par gradation : La famille, la commune, l'État, le monde.

« Les devoirs et les instructions de la famille initient à ceux de la commune, et ainsi des autres, jusqu'au sommet de l'échelle humanitaire.

« Tout devient alors réellement école, et nous devenons tous instituteurs les uns des autres. D'abord le père et la mère ; puis l'instituteur proprement dit, puis l'école professionnelle, l'édilité, les administrations, tout.

« De nos huit à dix millions de familles, la séve plébéienne monte ainsi librement aux quarante mille communes, de celles-ci au pouvoir central, et de là jusqu'où la main de Dieu peut vouloir en étendre la sphère.

« Mais les deux éducations par excellence de ce nouvel ordre social devraient être les *enfants* et les *femmes*, c'est-à-dire ce qui, dans l'ordre actuel, est en tutelle.

« Contradiction étrange ! Les enfants sont la base du foyer domestique. Il n'est pas de père et de mère qui n'ait senti l'influence morale de l'enfant. Que l'on s'applique donc à développer ses bons instincts, et l'on sera tout étonné de la grande influence éducatrice qui jaillira de ce germe aujourd'hui presque infécond.

« Mais le monde n'a pas encore secoué la rouille des vieux âges. Il reste organisé suivant les rites caducs des temps antiques, sur la croyance que l'homme est né méchant ; et dans cette désastreuse idée, au lieu d'essayer de faire du monde un paradis pour tous, on n'a rien trouvé de mieux que d'en faire un purgatoire.... et souvent un enfer pour le plus grand nombre.

« Quant aux femmes, qui, procréation à part, ne sont guère, dans l'organisation actuelle, que de grandes inutilités, je voudrais qu'on les fit entrer dans le monde par le cœur. »

Ici, j'interromps un instant l'*utopie de Béranger*, car Lisette éprouve une vive démangeaison de protester contre les lignes qui précèdent.

Ah ! mon poète, mon chansonnier, mon jeune et gai compagnon d'il y a quelque vingt ans, vous ne trouviez pas pourtant que Lisette fût « une grande inutilité » lorsque, dans votre pauvre et haute mansarde, sa gaîté, son sourire, son minois chiffonné, sa belle humeur... et ses baisers excitaient votre verve.

Lisette, alors, passait à l'état de dixième muse, la Muse de la Chanson, et ce n'est pas une fonction aussi inutile que vous le dites, de donner à la France un Béranger !

Car, il en est ainsi, désormais, et jusque dans la postérité la plus reculée : Les noms de Lisette et de Béranger sont aussi inséparables que ceux de Laure et de Pétrarque, de Béatrix et de Dante, d'Eléonore et du Tasse, d'Elvire et de Lamartine.

Ceci dit, je reprends l'utopie de Béranger où je l'ai laissée.

« Une fois la commune organisée en une sorte de famille, en associations de secours mutuels, avec salles d'asile, hôpitaux, lieux de retraite pour les vieillards, institutions de bienfaisance, je voudrais que l'on confiât d'une manière exclusive aux femmes les missions secourables.

« Elles auraient l'autorité initiative. En contribuant ainsi puissamment à reconstituer les familles dans les communes, elles entreraient dans la vie publique par une voie toute d'honneur et de sentiment, d'âme et de cœur, et arriveraient peu à peu à exercer dans l'État une influence dont elles seraient réellement dignes.

« Si j'avais à formuler un système pour cette réhabilitation de la femme, qui est une de mes plus chères utopies, je le ferais en peu de mots.

« Le rôle des femmes, dirais-je, n'est pas de comprendre théoriquement. Elles sentent, elles se passionnent.

« Au lieu donc de leur faire comprendre l'organisation dans laquelle vous voulez les associer, faites-la-leur sentir.

« Chez elle, c'est le cœur qui conduit la tête. Parlez donc toujours à leur cœur.

« Il va sans dire que pour les utiliser ainsi à leur honneur et au grand avantage social, il faudrait changer de fond en comble leur éducation, qui est, de tout point, vicieuse ; et en n'employant que ce mot, je suis encore bien indulgent.

« Ainsi, la grande question d'avenir du monde n'est pas, à mon avis, dans un système de gouvernement, mais dans un système d'enseignement. Que tous enseignent suivant leur cœur, et avec l'éducation, la transformation se trouve faite, sans déplacements brusques, sans violences surtout.

« On m'objectera que pour tout cela il faudrait des anges. Eh bien, on en fera !

« C'est ce que je disais un jour à un ministre de l'instruction publique, dont les vues dépassent de beaucoup l'horizon commun : Villemain. Que la morale soit la loi du monde ! que le sentiment en soit la seule base !

« Qu'on essaie ! Ce n'est sans doute pas plus difficile qu'il ne l'a été d'introduire dans la société l'égoïsme et l'immoralité.

« Le monde a trop longtemps été livré aux empiriques et aux fripons. C'est pour cela qu'il a tant vieilli. Celui-là seul qui parviendra à y introduire la vraie morale, en sera le vrai régénérateur. »

En 1836, Béranger se trouvant encore trop près de Paris, et voyant les visiteurs importuns franchir avec trop de facilité les quinze lieues qui séparaient Fontainebleau de la Rotonde du Palais-Royal, il replia sa tente et se transporta à Tours.

Là, il choisit une jolie maisonnette située rue Chanoineau. La maisonnette, naturellement, avait un jardin ; mais quel charmant petit jardin : une véritable corbeille de fleurs, depuis les premiers jours du printemps, jusqu'aux derniers jours de l'automne, c'est-à-dire depuis les tulipes jusqu'aux dahlias.

Ah ! comme on aurait bien été, là, pour aimer !

Le doux climat de la Touraine, les calmes et larges paysages du bord de la Loire réveillèrent un peu le chansonnier ; la *Gre-*

Des lèvres de cet homme avait jailli le cri qui sauve.

nadière le charma surtout, et il adressa de délicieux couplets aux oiseaux qui peuplent ses ravissants bosquets.

La Grenadière est un véritable nid de verdure, caché dans une anfractuosité du rocher qui borde la rive droite de la Loire, en aval et à un mille environ du grand pont de Tours.

Balzac l'a dépeinte avec cette couleur et cette puissance descriptive qui n'appartiennent qu'à lui.

En cet endroit, la rivière, large comme un lac, est parsemée d'îles vertes, et bordée par une roche sur laquelle sont assises plusieurs maisons de campagne, toutes bâties de pierres blanches, entourées de clos de vignes et de jardins où les plus beaux fruits du monde mûrissent à l'exposition du midi.

Patiemment terrassés par plusieurs générations, les creux du rocher réfléchissent les rayons du soleil, et permettent de cultiver en pleine terre, à la faveur d'une température factice, les productions des plus chauds climats. Dans une des moindres anfractuosités qui découpent cette colline, s'élève la flèche aiguë de Saint-Cyr, petit village duquel dépendent toutes ces maisons éparses.

La Grenadière, sise à mi-côte du rocher, à une centaine de pas de l'église, est un de ces vieux logis, âgés de deux à trois cents ans, qui se rencontrent en Touraine, dans chaque jolie situation.

Une cassure de roc a favorisé la construction d'une rampe qui arrive en pente douce sur *la levée*, nom donné dans le pays à la digue établie au bas de la côte, pour maintenir la Loire dans son lit, et sur laquelle passe la grande route de Paris à Nantes.

En haut de la rampe est une porte où commence un petit chemin pierreux, ménagé entre deux terrasses, espèces de fortifications garnies de treilles et d'espaliers, destinées à empêcher l'éboulement des terres.

Ce sentier, pratiqué au pied de la terrasse supérieure, et presque caché par les arbres de celle qu'il couronne, mène à la maison par une pente rapide, en laissant voir la rivière, dont l'étendue s'agrandit à chaque pas. Ce chemin creux est terminé par une seconde porte, de style gothique, cintrée, chargée de quelques ornements simples, mais en ruines, couverte de giroflées sauvages, de lierres, de mousses, de pariétaires. Ces plantes indestructibles décorent les murs de toutes les terrasses, d'où elles sortent par les fentes des assises, en dessinant à chaque nouvelle saison de nouvelles guirlandes de fleurs.

En franchissant cette porte vermoulue, un petit jardin, conquis sur le rocher par une dernière terrasse, dont la balustrade noire domine toutes les autres, offre à la vue son gazon orné de quelques arbres verts et d'une multitude de rosiers et de fleurs.

Puis, en face du portail, à l'autre extrémité de la terrasse, est un pavillon de bois, appuyé sur le mur voisin, et dont les poteaux sont cachés par des jasmins, des chèvrefeuilles, de la vigne et des clématites.

Au milieu de ce dernier jardin s'élève la maison, sur un perron voûté, couvert de pampres, et sous lequel s'ouvre la porte d'une vaste cave, creusée dans le roc. Le logis est entouré de treilles et de lauriers en pleine terre; de là vient le nom de cette closerie.

Donc les oiseaux ne pouvaient manquer à ce merveilleux paysage tourangeau, et Béranger qui les avait entendus gazouiller joyeusement, dans une longue promenade qu'il avait faite sur le coteau de la Loire, les invita à quitter la Grenadière pour venir embellir son petit jardin de la rue Chanoineau.

La gent ailée et insouciante ne répondit pas à son appel. Ah ! si Lisette n'avait eu encore que seize ans, et que le chansonnier lui eût adressé pareille invitation, comme elle serait vite accourue !

> Oiseaux, merci ! Rome fut sage
> De vous consulter autrefois.
> Je vais aux plus prochains rivages
> Vivre en un coin sous d'humbles toits.
> Ici, vous qui du vieil ermite
> Picotiez en paix les raisins,
> Venez charmer son nouveau gîte ;
> Oiseaux, adieu ! Peuple heureux et chéri,
> En vous créant, l'Éternel à souri.

Il fit encore à Tours quelques autres chansons, et travailla aussi à une *Biographie des Contemporains*, qui ne devait jamais être publiée.

En dehors de ces travaux littéraires, de la culture de son petit jardin, et de ses promenades sur les bords de la Loire, Béranger passait le meilleur de son temps... à jouer aux boules.

Et avec qui pratiquait-il ce joyeux exercice?

Avec un chanoine, l'abbé Bernardeau.

L'abbé Bernardeau était un bonhomme de prêtre très-charitable, qui employait en bonnes œuvres tous les petits revenus de son ministère, et même un peu au-delà.

Une pauvre veuve, chargé de cinq enfants, avait été secourue par Béranger. Elle était aussi une des clientes du charitable abbé Bernardeau. Le chanoine et le chansonnier firent ainsi connaissance, et le noble jeu de boules cimenta une amitié contractée sur le terrain de la bienfaisance.

Voyez-vous d'ici, par une belle matinée de printemps ou une douce après-midi d'automne, Béranger en manches de chemise, et l'abbé la soutane retroussée, faisant leur partie dans l'enclos où les *boulomanes* tourangeaux avaient l'habitude de se réunir?

On faisait cercle autour d'eux, quoique l'on m'ait affirmé qu'ils n'étaient l'un et l'autre que d'une force très-médiocre.

Cependant bon nombre de Parisiens faisaient le voyage de Tours, pour visiter le chansonnier national, et pas un étranger ne traversait le chef-lieu du département d'Indre-et-Loire, sans se présenter rue Chanoineau.

> Ce qu'on gagne en célébrité,
> On le perd en indépendance...

— Bah! se dit un jour Béranger, à recevoir tant de monde, autant habiter Paris... à moins de fuir aux îles Marquises.

Il quitta Tours en 1838, pour s'installer à Fontenay-aux-Roses; et deux ans plus tard, en 1840, il rentra à Passy même, dans la petite maison de la rue Vineuse qu'il avait déjà occupée.

CHAPITRE XIV

Réinstallé à Passy, après une absence de quatre ans, Béranger prit la ferme résolution d'y vivre, cette fois, loin du bruit, de la foule, et de n'admettre dans son intérieur que quelques amis choisis.

Aussi, peu de temps après son retour, madame Louise Colet, un bas-bleu de l'époque, lui ayant écrit pour lui demander l'autorisation de lui présenter un de ses compatriotes — madame Louise Colet était provençale — ardent admirateur du chansonnier, Béranger lui répondit par ce coup de boutoir :

« Votre lettre me fait peur. Vous me menacez de m'amener quelqu'un que je ne connais pas, et c'est là une liberté que je n'ai accordée à aucun de mes anciens amis.

« Je vous prie donc de n'en rien faire.

« Vous trouverez cette prière peu polie ; mais quand il s'agit de défendre mon bouge, je suis capable de tout. Je me suis étudié à ne prendre jamais sur l'indépendance des autres, pour avoir le droit de faire respecter la mienne. »

Au premier rang des quelques amis reçus alors dans la maisonnette de Passy, figuraient deux illustrations d'opinions, de physionomie et de caractère bien différents : Lamennais et Chateaubriand.

Ici, je pratique encore une fouille dans mes papiers, et j'y trouve une jolie esquisse, ou plutôt un croquis à la plume, fait par un jeune écrivain que Béranger recevait quelques fois chez lui, et qui traça les lignes que l'on va lire, pour satisfaire mon ardente curiosité ; car, Lisette, je l'ai déjà dit, avait cédé sa place à mademoiselle Judith Frère, et ne voyait plus son vieil ami qu'à de longs intervalles et d'une manière furtive.

On verra plus loin le récit d'une de ces entrevues du poète et de sa muse.

Pour le moment j'en reviens au trio formé par Béranger, Chateaubriand et Lamennais.

« La mansarde et le jardin de la rue Vineuse voient de bien fréquentes scènes entre ces trois grandes individualités du siècle — le chansonnier, malin bonhomme, à la foi riante mais arrêtée, chantant la patrie, la gloire, Jeanneton, Frétillon et Lisette. — Le grand seigneur, lettré, pieux, courtisan, à la foi dolente et mobile, dupant et dupé de nos discordes civiles — le prêtre philosophe, à la foi irrascible et hardie, fourvoyé dans le dédale de la théologie et des luttes mondaines de la politique.

« Béranger rit de tout — Chateaubriand pleure sur tout. — Lamennais s'emporte à propos de tout. C'est Jean qui rit, Jean qui pleure et Jean qui rage !

« Mais le jardin est un terrain neutre, où dans les beaux jours ils descendent pour y prendre le café, faisant trève à leurs controverses.

« Trève éphémère. Le café devient bientôt un sujet de discussion.

« Béranger, Lamennais et Mlle Judith ont chacun l'innocente prétention de connaître le meilleur degré d'infusion de la divine poudre de moka. C'est alors à qui fera prévaloir sa méthode ; Lamennais apporte, dans le débat, un amour-propre incroyable.

« C'est ordinairement lui qui, à l'aide d'un petit moulin qu'il tient serré entre ses genoux, broie la fève ; et le mouvement de rotation qu'il imprime à la manivelle est d'autant plus rapide, qu'il s'anime davantage, en essayant de prouver que Béranger et Judith n'entendent rien à la préparation de la liqueur qui illustra Procope.

« Judith tasse ensuite la poudre dans le filtre.

« Béranger surveille l'ébullition, surveillé lui-même par Lamennais.

« Quant à Chateaubriand, qui n'a jamais rien entendu aux arts culinaires, et dont la pensée plane entre le ciel et la terre, il se met à ratisser et à arroser le jardin, jusqu'à ce que le café soit servi. »

Vous avez remarqué cette observation de mon jeune écrivain : Chateaubriand, qui n'a jamais rien entendu aux arts culinaires !

Singulière destinée ! Dérision du sort ! Ce grand écrivain, complétement ignorant de l'art des Brillat-Savarin et des Carême, devait pourtant, après sa mort, devoir une partie de sa notoriété posthume à une certaine manière d'apprêter une tranche de bœuf, et l'on ne prononce guère plus aujourd'hui le nom de l'auteur d'*Atala*, de *René* et du *Génie du Christianisme*, que pour demander, à quelque maître d'hôtel, un *Chateaubriand aux pommes*... à moins qu'on ne le demande *aux truffes*.

Ce fut dans cette maison de la rue Vineuse que se passa, en 1844, la scène charmante entre Béranger et M^llo Déjazet, que bien des biographes ont racontée, mais que je raconterai beaucoup mieux qu'eux; car Déjazet, l'inimitable artiste, était mon amie, et deux jours après, elle venait, dans ma retraite, me raconter dans les moindres détails sa visite chez le chansonnier.

Frédéric Bérat, poëte et compositeur, devait à la bienveillante intervention de Béranger une place d'employé à la Compagnie parisienne du gaz.

Il voulut payer à son protecteur un tribut de reconnaissance, et il écrivit, paroles et musique, *les Souvenirs de Lisette*, chansonnette qui fut connue depuis sous le titre de : *La Lisette de Béranger*.

Frédéric Bérat en confia l'interprétation à Déjazet, qui obtint, en me personnifiant sur la scène, un succès prodigieux.

Je me donnai, cela va sans dire, la douce jouissance d'aller m'applaudir moi-même, du fond d'une baignoire grillée, et bien

encapuchonnée, de peur d'être reconnue et signalée par quelque indiscret.

Deux jours après, Déjazet écrivait à Béranger le billet suivant :

« Monsieur, je suis heureux que M. Bérat m'ait choisie pour me faire l'interprète d'une admiratrice que la douce mélodie ferait revivre, si jamais elle pouvait s'éteindre.

« Son cœur d'artiste m'accorde plus d'éloges que je n'en mérite : le succès est-il douteux, quand on chante Béranger ?

« Plus d'une fois, déjà, j'ai dû le mien à ce grand nom.

« Aussi, est-ce après l'hommage que le monde entier lui rend par ma bouche, que j'ose, moi, pauvre rien, lui offrir celui de ma sincère amitié.

« Déjazet. »

Béranger lui répondit aussitôt :

« Non, Mademoiselle, vous ne me devez rien ; c'est moi, au contraire, qui suis votre obligé.

« Avec des acteurs distingués, auxquels je dois des actions de grâce, vous avez travaillé à ressusciter quelques-unes de mes filles chéries, et votre rare talent, adoré du public, a réveillé bien des fois le souvenir du nom de leur père, dans un pays où les noms sont bien vite oubliés.

« Vous avez été un habile commentateur de mes fugitives productions. Pouvais-je, Mademoiselle, en avoir un plus aimable et plus intelligent ? Les commentaires sont bien souvent au-dessous du texte ; le mien s'est enrichi de tout l'esprit qu'on vous reconnaît, et bien des écrivains ont pu me porter envie.

« Si je n'avais eu le tort bien ridicule de venir au monde trente ans avant vous, Mademoiselle, il me semble que vous eussiez été ma première fée ; mais, M. Vanderburch aidant, vous avez été véritablement la seconde.

« Aujourd'hui, qu'à la prière de M. Bérat, votre art enchan-

Quand j'étais jeune fille,
Comme j'étais gentille !

teur vient encore de rajeunir le cœur d'un vieillard, permettez
que, du fond de sa retraite, il vous offre ses hommages et ses
remercîments.

« BÉRANGER. »

Le lendemain de l'envoi de ce billet, Béranger était dans le
petit jardin, assis sous une tonnelle, et lisant une nouvelle tra-
duction d'Horace, son auteur favori.

Un bruit de pas sur le sable de l'allée, le frôlement d'une robe,
ce froufrou de la soie qui révèle la présence d'une femme, lui
fit tourner la tête.

C'était une femme, en effet, qui s'avançait, frêle, mignonne,
la physionomie vive, intelligente.

Elle s'arrêta à deux ou trois pas du chansonnier; une douce
émotion se peignait sur son visage; une larme brilla même
dans ses yeux.

Béranger, interdit de la présence de cette charmante visiteuse, ne la reconnut pas d'abord, quoiqu'il l'eût vue bien
souvent au théâtre des Nouveautés et du Vaudeville, du temps
de Potier et de Brunet.

— Je suis Déjazet, s'écria-t-elle; pardonnez-moi si je me
présente chez vous sans façon... Je viens vous demander la
permission de vous embrasser !

Béranger se leva vivement, courut à elle, la prit dans ses
bras et l'embrassa paternellement sur les deux joues.

Déjazet pleurait de joie.

Il la fit asseoir à côté de lui, sur le banc de la tonnelle,
et se mit à lui parler avec bonté de ses succès au théâtre,
de sa position, de ses amis, de ses enfants, de ses projets
d'avenir.

— Que vous êtes bonne, lui dit-il enfin, d'être venue consacrer
une heure à visiter un pauvre vieux chansonnier comme moi,
un sauvage qui fuit le monde... et ne va jamais plus vous
applaudir. Que voulez-vous ? je suis arrivé aux jours où chaque
heure impose une nouvelle privation... et celle de ne pouvoir
vous entendre est certainement pour moi une des plus pénibles.

— Vraiment, vous auriez quelque plaisir à m'entendre ?

— En pouvez-vous douter.

— Eh bien ! voulez-vous que je vous donne une représentation
à domicile ? fit Déjazet avec enjouement. Oh ! ne me refusez
pas. Les grands seigneurs se payent ces coûteuses fantaisies,

et n'êtes-vous pas le grand seigneur, le prince de la chanson française !

— Que faites-vous ? s'écria Béranger, en la voyant se débarrasser, en un tour de main, de son chapeau et de son écharpe, qu'elle jeta sur le gazon.

— Je vais vous chanter ici *les Souvenirs de Lisette*, pour vous seul ! L'orchestre manquera, c'est vrai ; mais n'aurais-je pas pour m'accompagner les battements de mon cœur ?

Et se mettant doucement aux genoux de Béranger, prenant ses mains dans ses mains, elle chanta avec toute son âme, à demi-voix :

> Enfants, c'est moi qui suis Lisette,
> La Lisette du chansonnier,
> Dont vous chantez plus d'une chansonnette,
> Matin et soir sous le grand marronnier.
> Ce chansonnier, dont le pays s'honore,
> Oui, mes enfants, m'aima d'un tendre amour ;
> Son souvenir m'enorgueillit encore,
> Et charmera jusqu'à mes derniers jours.

> Si vous saviez, enfants,
> Quand j'étais jeune fille,
> Comme j'étais gentille !
> Je parle de longtemps ;
> Teint frais, regard qui brille,
> Sourire aux blanches dents ;
> Alors, ô mes enfants,
> Grisette de quinze ans,
> Ah ! que j'étais gentille !

> Vous parlerais-je de sa gloire ?
> Son nom des rois causait l'effroi.
> Dans ses chansons se trouve son histoire :
> Le monde, enfants, le connaît mieux que moi.
> Ce que je sais, moi, c'est qu'il fut sincère,
> Bon, généreux, ange consolateur.
> Oui, c'est assez de bonheur sur la terre,
> Qu'un peu d'amour d'un aussi noble cœur.

Lui qui, d'un beau ciel et d'ombrage,
     Avait besoin pour ses chansons,
Fidèle au peuple, il vengea ses outrages,
Et respira l'air impur des prisons.
Des insensés qu'aveuglaient leur puissance,
Juraient alors d'étouffer ses accents;
Mais dans les fers son luth chantait la France,
La liberté, Lisette et le printemps.

Si vous saviez, enfants,
Quand j'étais jeune fille,
Comme j'étais gentille !
Je parle de longtemps;
Teint frais, regard qui brille,
Sourire aux blanches dents;
Alors, ô mes enfants,
Grisette de quinze ans,
Ah ! que j'étais gentille!

Ce fut au tour du chansonnier de sentir couler ses larmes, douces larmes d'attendrissement... où se mêlaient les souvenirs et le regret des jeunes années évoquées par ce nom de Lisette.

Virginie Déjazet n'avait que quelques années de moins que moi, étant née à Paris le 30 août 1797.

Je dois bien, dans mes Mémoires, quelques lignes de biographie à l'incomparable artiste qui fit retentir mon nom sur la scène française, aux feux de la rampe.

Je le fais d'autant plus volontiers, que bien des détails, que je puis fournir sur elle, sont à peu près inconnus de la jeune génération qui lira ces souvenirs d'une époque déjà bien éloignée, si toutefois mes pattes de mouche ont jamais l'honneur de l'impression.

J'ai dit que Déjazet naquit en 1797.

Elle débuta sur les planches à l'âge de... cinq ans, au *Théâtre des Capucines,* qui était situé près de la place Vendôme.

A cinq ans! vous écriez-vous; mais elle devait parler à peine !

Aussi ne parlait-elle pas : elle dansait.

Elle était engagée en qualité « d'actrice, première danseuse. »

La pièce où elle fit ses premiers pas s'appelait : *Fanchon toute seule*.

Un an après, en 1803, elle fut engagée au *Théâtre des Jeunes-Artistes*, rue de Bondy, pour jouer l'Amour dans une pantomime.

En 1810, l'acteur Potier ayant envoyé à Béranger deux places pour voir une pièce intitulée : *la Belle au Bois-Dormant*, une féerie dans laquelle il jouait le principal rôle, Béranger m'amena avec lui.

C'était dans cette pièce que Potier, pénétrant dans le palais enchanté, et y rencontrant une princesse aux formes rebondies, profondément endormie sur sa couche, s'écriait, en s'emparant de sa guitare :

« Je vais lui pincer quelque chose ! »

Cette féerie-comique comptait, naturellement, parmi ses personnages, une fée :

La fée Nabotte, aussi vieille que malicieuse.

Ce personnage était interprété par une fillette, presque une enfant, âgée de treize ans.

Elle chanta quelques couplets, et y mit tant de fines intentions et de grâces que Béranger, enchanté, demanda à un de ses voisins le nom de cette jeune artiste.

— Virginie Déjazet, lui fut-il répondu.

— Eh bien, dit le chansonnier, voilà un nom qui, dans quelques années, fera courir Paris. Cette enfant est pétrie de talent.

Du Théâtre des Jeunes-Artistes, Déjazet passa au Vaudeville, alors dirigé par Désaugiers.

Le public lui fit, sur cette scène, un tel accueil, que ses succès excitèrent la jalousie de toutes ses camarades, et entre autres d'une comédienne très-populaire alors, nommée Minette, qui était la favorite du bon Désaugiers.

Mlle Minette fit subir à sa pauvre camarade tant de petites misères, que Déjazet, humiliée et découragée, abandonna le théâtre de la rue de Chartres, pour signer un engagement aux Variétés, dont Brunet était le directeur.

Là, nouvelles jalousies féminines, nouvelles cabales de cou-

lisses pour évincer la jeune pensionnaire ; Brunet se laisse
influencer, et lui refusa un rôle qui lui revenait de droit.

Virginie Déjazet rompit son engagement et se décide à par-
courir la province. Elle part pour Lyon, emportant avec elle un
gros perroquet gris, auquel elle a appris à dire :

— Brrrunet est un polisson !

Et de 1817 à 1821, année de son retour à Paris, tandis
qu'elle promène de ville en ville son charmant talent et son
joyeux répertoire, le gros perroquet gris, qui n'a qu'un rôle,
mais qui le sait bien, répète à Lyon, à Bordeaux, à Marseille,
à Nantes, à Rouen, à Lille, son éternel : « Brrrunet est un
polisson ! »

Cependant, Virginie Déjazet, comme Lisette, était une bonne
fille, le cœur sur la main, joyeuse, serviable, incapable de
garder de longues rancunes, aimant à rire, aimant à boire...
le champagne :

> Elle aime à rire, elle aime à boire ;
> Elle aime à chanter comme nous.

Et sa rayonnante jeunesse, sa piquante et vive physionomie,
les séductions de son talent aidant... beaucoup se laissaient
séduire, et essayaient d'être payés de retour.

Il n'y a pas de mal à cela, et la plus honnête femme du
monde ne saurait se fâcher d'inspirer des désirs.

Virginie Déjazet en inspira dans ses pérégrinations artis-
tiques, et la chose un jour faillit même tourner au tragique.

L'aventure lui arriva à Lyon, et voici comment elle me la
conta quelques années plus tard, lorsque je fis sa connaissance.

Un galant, nommé Perrin, l'accablait de bouquets et de
déclarations brûlantes. Il ne manquait pas une de ses représentations, l'attendait après le spectacle à la porte des artistes,
la suivait jusqu'à l'hôtel où elle logeait, lui jurant que si elle
ne répondait pas à sa flamme, elle serait cause de quelque
malheur.

Il était jeune, beau garçon, ne manquait pas d'esprit et paraissait généreux. Que faut-il de plus pour plaire ?

Le beau Perrin en était cependant pour ses frais de galanterie, et Déjazet, qui avait commencé par rire de la grande passion, finit par lui signifier qu'elle ne voulait plus en entendre parler.

Un soir, elle rentre chez elle toute joyeuse, la représentation finie. Depuis deux jours, le galant n'a pas donné signe de vie : plus de bouquets, plus de poulets ; elle ne l'a pas trouvé, comme d'habitude, faisant sentinelle à la porte des artistes. Dans la salle, sa place habituelle au parquet est demeurée vide..

— Enfin, s'écria Déjazet, seule dans sa chambre, j'en suis débarrassée ; ce n'est pas malheureux !

Elle a quitté son chapeau, sa pelisse ; déjà elle dégrafe son corsage, lorsqu'un léger bruit la fait tressaillir.

En se retournant, elle voit un homme s'élancer de derrière les grands rideaux de la fenêtre : c'est son amoureux.

— Ah ! mademoiselle, s'écrie-t-il, en tombant à ses genoux, pardonnez-moi cet excès d'audace ; je n'y pouvais plus tenir... Je n'ai plus ma raison à moi... Vous m'avez rendu fou !

— Oui, vous êtes fou, fit-elle toute tremblante ; mais hâtez-vous de sortir, ou je crie au secours et je réveille tout le quartier.

— Vous n'aurez donc jamais pitié de moi ?

— Sortez !

Le galant, changeant alors d'attitude, se relève, lui enlace la taille de ses bras et veut lui faire violence.

Elle parvient à se dégager. Perrin tire un pistolet de sa poche.

Prompte comme l'éclair, Déjazet s'élance vers la porte ; la clef était restée dehors : elle enferme à double tour son voleur d'amour, franchit en un clin d'œil l'escalier, et toute échevelée, court au poste voisin requérir la force armée.

Virginie Déjazet rentre, suivie de quatre hommes et un caporal : Perrin est appréhendé au corps, et conduit au violon, où il passe la nuit.

Le lendemain, le perturbateur du repos privé des charmantes actrices fut conduit devant le commissaire de police, qui allait le faire transporter à la prison, lorsque Déjazet vint elle-même implorer sa grâce.

Le pistolet, qui avait joué un petit rôle muet dans le drame nocturne, n'était pas chargé. Quand on l'examina d'un peu près, on reconnut même qu'il était dépourvu de toute espèce de batterie.

Perrin en fut quitte pour une bonne mercuriale que lui administra le commissaire.

Et c'est ainsi que la vertu de Virginie Déjazet, comme la fortune d'Auguste, sut à la fois triompher et pardonner.

Le passage de la jeune comédienne à Lyon, à Bordeaux, à Lille, fut une suite de triomphes : Les principales pièces de son répertoire étaient : *Angélique ou la Champenoise, les Petits braconniers, la Leçon de botanique, la Belle au Bois Dormant, les Sirènes* ou *les Sauvages de la montagne*.

En 1821, elle rentra enfin à Paris et fut engagée par Poirson, directeur du *Théâtre de Madame*, qui devint plus tard le *Gymnase dramatique*.

Elle y créa successivement : *Le Mariage enfantin, la Loge du portier, le Plus beau Jour de la vie, la Petite-Sœur*.

CHAPITRE XV.

Une singulière ressemblance. — Déjazet et la duchesse de Berry. — *Le Mariage enfantin.* — Le Buste du foyer du Théâtre de Madame. — Béranger et le garde du corps. — Jenny Vertpré. — Le plus honnête homme de la

A cette époque (1821) Virginie Déjazet ressemblait d'une manière étonnante à la duchesse de Berry, sous le patronage de laquelle était placé le théâtre de Madame.

Or, le directeur Poirson avait installé le buste en marbre de la princesse au foyer du public.

On donnait le *Mariage enfantin*. Déjazet avait dans cette pièce un rôle travesti, celui du jeune mari de la petite Léontine Fay, qui fut plus tard madame Volnys.

Nous allâmes, Béranger et moi, voir jouer la nouvelle pièce. Le public faisait chaque soir à Déjazet, dont le nom commençait à devenir populaire, l'accueil le plus chaleureux.

— J'avais bien raison de prédire que cette jeune fille ferait courir tout Paris dans quelques années, s'écria Béranger, tandis que nous nous promenions dans le foyer, pendant un entr'acte. La voilà sur la grande route de la célébrité.

— Tiens ! m'écriai-je à mon tour, en m'arrêtant devant la grande cheminée, voilà son buste !

— Et très-ressemblant, ajouta Béranger ; Poirson fait bien les choses ; c'est du marbre de Carrare, et du plus beau. C'est égal, je trouve que le sculpteur a un peu vieilli cette jeune merveille.

Un garde du corps se trouvait en ce moment tout près de nous, examinant aussi le buste.

— Je vous demande bien pardon, Monsieur, dit-il en se tournant assez brusquement vers le chansonnier ; de qui parlez-vous, je vous prie ?

— De qui je parle, Monsieur, répliqua Béranger, mais de mademoiselle Virginie Déjazet, dont voici le buste, je suppose.

Le garde du corps le toisa :

— Monsieur est donc de la province ?

— Comment, de la province ! s'écria mon ami un peu piqué ; je suis Parisien, et j'habite Passy, Monsieur.

— Alors, Monsieur, comment pouvez-vous ne pas reconnaître dans ce marbre les traits augustes d'une princesse...

— Une princesse de la rampe, certes...

— Les traits augustes de madame la duchesse de Berry, Monsieur !

Et le garde du corps, pirouettant sur les talons de ses grandes bottes, nous tourna le dos et s'éloigna, en nous jetant par dessus l'épaule un regard de souverain mépris.

— Ce grand escogriffe a parbleu raison, fit Béranger en riant, c'est le buste de la duchesse de Berry... Eh bien, vrai... je le regrette pour Poirson.

La ressemblance était d'ailleurs si frappante, qu'à quelques jours de là, la princesse étant venue à son théâtre, s'y trompa elle-même, et crut, comme Béranger, que le directeur avait fait placer, à la place d'honneur du foyer, l'image de sa pensionnaire.

Mais Déjazet trouva encore au Théâtre de Madame une de ces rivalités de femme qui avaient déjà entravé deux fois sa carrière dramatique.

Le rôle de madame Pinchon lui revenait de droit, dans une nouvelle pièce que Scribe venait de faire recevoir, et qui était intitulée : *le Mariage de raison*... Ce fut Jenny Vertpré qui le lui enleva.

Virginie Déjazet rompit alors avec Poirson, désolé de son départ, et qui disait d'elle : « C'est le plus honnête homme de ma troupe. »

Elle s'engagea au théâtre des Nouveautés, ou jouaient en ce moment Potier, Bouffé, Lafont, le beau Volnys et madame Albert.

Après la fermeture des Nouveautés, elle passa au Palais-Royal, puis aux Variétés, où elle créa successivement : *Frétillon, les Premières armes de Richelieu, Gentil-Bernard, le Marquis de Lauzun, l'Enfance de Louis XII, le Moulin à paroles,*

Vert-Vert, Indiana et Charlemagne, Judith et Holopherne, la Fille de Dominique, et bien d'autres pièces qui achevèrent de la faire monter au rang de première étoile des scènes de genre.

Un critique a apprécié en ces termes l'inimitable talent de Déjazet, et je ne pourrais mieux dire que lui :

« Je ne mets point Déjazet au-dessus de toutes nos illustrations de la comédie et du drame ; mais de tous les talents supérieurs que nous avons applaudis, il me semble que c'est le sien qui a le cachet le plus exclusivement national. La France pouvait seule créer cette audace contenue par le goût, cette finesse du sous-entendu, cette plaisanterie toujours aussi distinguée que risquée, cette gaieté qui reverdit mieux encore sous une larme passagère du cœur. Déjazet, c'est du champagne en jupon, c'est la gaudriole élevée jusqu'à l'art, c'est la Gauloise de qualité. »

Encore une anecdote pour finir... nous y retrouverons cette larme du cœur.

Quelques années s'étaient écoulées, depuis l'aventure tragi-burlesque de Perrin et de son pistolet qui ne partait pas.

Déjazet était au Palais-Royal et avait atteint le point culminant de sa grande renommée.

Un jeune flûtiste de l'orchestre, s'éprit pour elle d'une ardente passion. Il soupira, il lui envoya des fleurs, il lui écrivit... et n'obtenant pas la réponse qu'il espérait, il s'empoisonna.

Déjazet, apprenant par ses camarades le suicide, courut au chevet du moribond. Elle n'avait pas voulu être sa maîtresse ; elle se fit sa sœur de charité, le soigna et fut assez heureuse pour le sauver.

Le pauvre garçon, à peu près guéri du poison, mais non de son amour, quitta Paris et retourna au sein de sa famille, qui habitait Lille. Mais la secousse avait été si terrible, qu'il succomba bientôt à une rechute.

Appelée à Lille pour y donner quelques représentations, Déjazet trouva la tombe du flûtiste dans un coin du cimetière, cachée sous les grandes herbes, abandonnée par les parents et les amis.

Elle la fit déblayer par le gardien et la couvrit des fleurs et des couronnes qu'un public idolâtre lui avait jetées la veille de tous les coins de la salle de spectacle.

J'ignore complétement l'art des transitions, n'ayant pas fait ma rhétorique.

On a dû s'en douter plus d'une fois, dans les précédents chapitres, et l'on s'en apercevra plus d'une fois encore dans les chapitres suivants, à partir de celui-ci inclusivement.

J'écris un peu au hasard de la plume, et ce n'est pas ma faute, si, prenant cependant pour me guider dans le dédale de mes souvenirs, le fil des années, les sujets les plus disparates, les physionomies les plus dissemblables défilent tour à tour, dessinant leur silhouette sur ces pages blanches.

Après Lamennais et Chateaubriand, nous avons vu passer Virginie Déjazet; après Déjazet, voici venir M. Louis-Napoléon Bonaparte.

Bah! avec ce personnage nous entrons en plein dans le domaine de la politique, et la politique ressemble tellement à la comédie, que de la comédienne au prince la transition n'est pas aussi forcée qu'on pourrait le croire de prime-abord.

Parmi les papiers que Béranger m'a laissés et que je conserve précieusement comme de chères reliques, se trouve la copie de deux lettres qu'il écrivit à cette époque à M. Louis-Napoléon Bonaparte, enfermé depuis 1840 au Château de Ham, par arrêt de la cour des Pairs, à la suite de l'échauffourée de Boulogne.

Il n'y pourrissait pas précisément sur la paille humide des cachots, et s'y trouvait infiniment mieux que son oncle, le grand homme, sur le rocher de Sainte-Hélène.

La chronique assure même qu'il y reçut de tendres consolations de la fille du geôlier, et qu'il en résulta deux petits témoins vivants de ces scènes d'intimité, sur lesquelles Lisette se hâte de jeter un voile décent.

Mais le prisonnier se donnait d'autres distractions, entre autres celle d'entretenir une active correspondance avec toutes les célébrités républicaines et libérales ; puis il écrivait de petites brochures sur la *question des sucres* et sur l'*extinction du paupérisme*.

Il les envoya à Béranger, et le chansonnier crut devoir le remercier de cet envoi, par le billet suivant, d'autant plus que l'auteur avait sollicité la faveur d'un autographe :

« Prince, la personne qui m'a remis la brochure que vous m'avez fait l'honneur de m'adresser, m'assure qu'il ne peut vous être désagréable de recevoir directement les remercîments que je vous dois.

« Je m'empresse donc de vous exprimer la satisfaction que la lecture de cet ouvrage vient de me procurer ; il m'a surtout fait admirer ce qu'il y a de courage à vous, de consacrer à d'utiles travaux les longues heures de votre captivité.

« La brochure sur les Sucres est celle qui m'a fait le plus de plaisir. Je conçois parfaitement vos études historiques, et les réflexions si justes qu'elles vous suggèrent ; mais je conçois mieux comment vous avez approfondi un sujet purement industriel et financier. Vous avez, pour moi, éclairci ce débat d'intérêts opposés, sauf pourtant, si vous me permettez de le dire, en ce qui touche l'*intérêt du consommateur, toujours un peu négligé par les grands de ce monde.*

« Puissiez-vous un jour, prince, être en position de consacrer à notre commune patrie le fruit des connaissances que vous avez déjà acquises et que vous acquerrez encore. En attendant qu'on vous rende, comme il serait juste de le faire, les droits de citoyen français, ainsi qu'à tous les membres de votre illustre famille, croyez aux vœux ardents que je fais pour vous voir rendre à la liberté, *sûr que je suis que vous vous consacreriez désormais à des travaux littéraires et scientifiques,* qui ajouteraient un nouveau rayon à l'immense auréole du nom que vous portez.

« Béranger.

« Passy, 11 octobre 1842. »

Ne les eussé-je pas soulignés, que le lecteur n'en aurait pas moins remarqué les pointes de fine raillerie cachées sous les fleurs de cette épitre.

En 1844, envoi d'une nouvelle brochure princière, intitulée : *Extinction du paupérisme*, et nouvelle lettre de Béranger.

« Prince, j'ai l'honneur de vous remercier de l'envoi que vous m'avez fait de votre écrit. Il doit mériter les suffrages de tous les amis de l'humanité. L'idée que vous émettez dans cette brochure est une de celles qui pourraient le mieux améliorer le sort des classes industrielles et travailleuses.

» Il ne m'appartient pas de juger de l'exactitude des calculs dont vous l'appuyez ; mais j'ai trop souvent fait des *rêves* qui avaient le même but que votre généreuse intention, pour ne pas en apprécier toute la valeur. Par un hasard même dont je suis fier, mes *utopies* du coin du feu se rapprochent singulièrement du projet que vous développez si clairement, et si bien appuyé de raisons victorieuses.

« C'est moins par vanité, prince, que je vous parle ici de mes *rêvasseries*, que pour vous faire juger de la satisfaction que votre ouvrage a dû me procurer.

« Il est beau à vous, au milieu des souffrances et des ennuis de la captivité, de vous occuper ainsi de ceux de vos concitoyens dont les maux sont si nombreux et si menaçants. C'est la meilleure manière et la plus digne du grand nom que vous portez, de faire sentir le tort des hommes d'État, qui hésitent si longtemps à vous rendre la liberté et une patrie.

« BÉRANGER.

« Passy, 30 juin 1844. »

Mais laissons là le donjon de Ham et son prisonnier, que nous retrouverons plus tard s'occupant de toute autre chose que de « travaux littéraires et scientifiques, » et retournons à Passy, pour y revoir Béranger, au moment où la Révolution de Février 1848 éclata, comme un pétard dans la boue.

Le mot est de moi et je le recommande aux futurs historiens du gouvernement de Juillet.

CHAPITRE XVI.

Maudits tambours ! — Béranger représentant du peuple. — Lisette se rend à
l'Assemblée nationale pour l'entendre. — Elle y rencontre Déjazet. — Que de
têtes chauves ! — Lettre de Béranger, donnant sa démission de représentant.
— L'Assemblée refuse sa démission. — Lisette prédit qu'il la maintiendra.
— Nouvelle lettre de Béranger, dont le contenu est confirmé par une chanson.
— Une scène de Callot, dans la rue Vineuse. — Les geux sont des gens
heureux !

Le *vieux républicain* (c'est de Béranger que je parle) l'avait
enfin, ce gouvernement populaire de ses aspirations.

Proclamée dès le 24 février, au soir, du haut du balcon de
l'hôtel de ville, la République, au mois de mai suivant, devait
être acclamée dix-sept fois, par les Représentants du peuple de
toutes les couleurs, sur les marches du palais Bourbon.

Mais, dès les premiers jours, il avouait à ses intimes que ce
n'était pas ainsi qu'il avait rêvé le règne de la démocratie.

— Trop de bruit, disait-il, trop de mots, trop de phrases,
trop de promesses surtout et de belles utopies irréalisables ! Le
peuple finira par se fâcher, quand il s'apercevra qu'on ne lui
met sous la dent que des théories creuses.

En fait de bruit, celui du tambour lui était particulièrement
désagréable, et Dieu sait si le nouvel ordre public en abusait,
en mars, en avril, en mai 1848.

Les bonnets à poil de la garde nationale étaient sur les dents.
A la moindre émotion qui se produisait dans les faubourgs, au
moindre symptôme de manifestation, on battait le rappel; on
le battait à l'aurore, on le battait à midi, on le battait le soir,
on le battait nuit et jour.

Vite quelques couplets pour maudire ces « stupides roulements. »

Les Gueux, les Gueux
Sont des gens heureux!

Tambours, cessez votre musique;
Rendez la paix à mon réduit.
J'aime peu votre politique,
Et moins encor j'aime le bruit.

Terreur des nuits, trouble des jours,
Tambours, tambours, tambours, tambours,
M'étourdirez-vous donc toujours ?
Tambours, tambours, maudits tambours !

Grâce à vos roulements stupides,
Ma vieille muse en désarroi
Retrouve des ailes rapides,
Mais c'est pour s'enfuir loin de moi.
Terreur des nuits, etc.

Quand la nappe ici se déploie,
Qu'on y fait trêve aux noirs frissons,
Gronde un rappel ; adieu la joie ;
Il redouble : adieu les chansons !
Terreur des nuits, etc.

Sous l'Empire, ils ont fait merveille ;
J'ai vu ces racoleurs puissants,
Du génie, assourdir l'oreille,
Étouffer la voix du bon sens,
Terreur des nuits, etc.

Celui qu'à régner Dieu condamne,
S'il veut faire en grand son métier,
Sait combien il faut de peaux d'âne,
Pour abrutir le monde entier.
Terreur des nuits, etc.

Comme en 1830, le chansonnier, qui n'avait aucune espèce de goût pour ce que l'on appelle la politique militante, essaya de se tenir à l'écart, de se claquemurer dans sa retraite.

Mais on vint l'y chercher, et, bon gré, mal gré, il dut descendre dans le *forum*.

A son corps défendant, il fut nommé membre de deux Commissions électorales.

Comme compensation, il fut désigné aussi pour faire partie d'une Commission de secours, qui siégeait à l'église.

Son cœur s'accommodait mieux de cette dernière fonction ; il la remplissait avec bonheur.

Mais lorsque les Parisiens, aux grandes élections générales du mois d'avril, le choisirent spontanément pour leur représentant, en lui donnant 205,000 suffrages, sa première pensée fut d'envoyer sa démission. — « Je ne suis qu'un faiseur de chansons, s'écria-t-il, et l'on veut que je sois un faiseur de lois. »

On le décida cependant à se rendre à l'Assemblée Constituante, et voici ce qu'il écrivait le soir même à un de ses amis, qui avait cru devoir le féliciter de son élection :

« Cette nomination m'afflige tellement, que j'en ai été malade.

« Aujourd'hui, cependant, il a bien fallu me rendre à cette Chambre, d'où j'ai été obligé de m'enfuir à cinq heures, avec un mal de tête que le grand air a dissipé, en dépit des badauds et des gamins qui me poursuivaient de leurs vivats.....

« Je n'ai plus ni temps, ni repos; le sommeil me fuit : voilà tout ce que j'ai gagné à la République.

« Plaignez-moi donc un peu, et croyez qu'il me sera bien doux de planter là, un de ces jours, mes chers collègues, qui paraissent disposés à s'amuser ensemble. »

Le 8 mai, cependant, comme on m'avait donné un billet de tribune, je me rendis à l'Assemblée nationale, dans cette fameuse salle de carton élevée dans la Cour du Palais-Bourbon, l'ancienne salle des députés étant trop petite pour contenir les neuf cents députés de la France républicaine.

Il y avait plusieurs mois que Lisette n'avait vu Béranger.

J'espérais entendre sa voix : il parlait si bien, dans ces bons fauteuils qui sont les tribunes des salons; pourquoi n'eût-il pas bien parlé à la Tribune de l'Assemblée nationale?

Dans la salle des pas perdus je rencontrai Déjazet.

— Vous venez aussi pour l'entendre? Ah! c'est bien! m'écriai-je, en lui pressant la main.

— Oui, me répondit-elle, il m'a si souvent applaudie, il y a quelque vingt ans... N'a-t-il pas assisté à mes débuts de comédienne, au Vaudeville ? Je jouais la fée Nabotte... Mais vous étiez ce jour-là avec lui, et vous devez vous en souvenir.

Si je m'en souviens, pouvez-vous me le demander ?

Il n'est pas un jour, une heure, une minute, pour ainsi dire, de celles que j'ai passées avec mon cher poète, qui n'ait laissé dans mon cœur une trace ineffaçable. Ah ! c'était le bon temps, alors : le temps de la jeunesse, des éclats de rire et de l'amour... Maintenant, c'est le temps de la raison... et de la tristesse... le temps de...

— N'allez pas dire au moins le temps de la vieillesse, car je n'ai que quelques années de moins que vous, ma chère Lisette, s'écria Déjazet ; nous sommes presque du même âge, et je protesterais...

— Oh ! pour vous, c'est différent, lui répondis-je, vous ne vieillirez jamais, et vous ferez encore tourner la tête aux Parisiens à quatre-vingts ans.

Tout en devisant de la sorte, nous avions gravi l'escalier et gagné la tribune publique, dont nos deux cartes portaient le numéro.

Assises au premier rang, nous plongions du regard dans la vaste salle, cherchant, dans ce fouillis de représentants, à découvrir celui pour lequel nous étions venues, mais voici mon embarras.....

Béranger, je l'ai dit au commencement de ces Mémoires, avait été frappé de bonne heure de calvitie.

C'était un signe qui semblait devoir aider singulièrement mes recherches.

Mais, grand Dieu ! que de têtes chauves !

La moitié au moins de ces honorables représentants du peuple souverain, étaient couronnés ou découronnés, comme l'on voudra. Que de Nestors, ou plutôt que de Gérontes !

Le suffrage universel, pour son début, avait été d'une sagesse !...

— L'avez-vous découvert ? me dit tout bas Déjazet.

J'allais lui répondre que non, lorsque le président de l'Assemblée, ayant agité sa sonnette, pour faire faire silence, prononça ces paroles :

— Citoyens représentants, je viens de recevoir, de l'un de nos collègues, la lettre suivante :

« Citoyen président, j'avais cru de mon devoir de prévenir les électeurs du département de la Seine, en m'excusant sur les raisons les meilleures, que je ne pourrais accepter l'honneur de siéger dans l'Assemblée nationale.

« Malgré la reconnaissance profonde que m'inspire le nombre de voix qui m'ont appelé à cette Assemblée, je n'ai pas renoncé à l'idée, bien arrêtée d'avance, de refuser un mandat auquel ne m'ont préparé ni des méditations, ni des études suffisamment sérieuses.

« Ce que je n'ai pas osé faire jusqu'à présent, pour ne pas être cause d'une convocation nouvelle du corps électoral, une élection invalidée, qui rend cette convocation inévitable, m'en offre la possibilité, et je viens, citoyen président, remettre entre vos mains le mandat qui m'avait été confié, et qui n'en restera pas moins, à mes yeux, la seule gloire de ma vie.

« Ayez la bonté, citoyen président, d'assurer l'Assemblée nationale du regret que j'éprouve de ne pouvoir prendre part à l'œuvre complétement démocratique qu'elle aura l'honneur d'accomplir.

« Faites-lui agréer, et agréez vous-même, citoyen président, l'hommage de mon respect le plus profond.

« Votre dévoué concitoyen,

« BÉRANGER. »

— Ah! je le reconnais bien là! murmurai-je, quand le président eut achevé sa lecture ; il n'a pas changé depuis notre séparation ; c'est toujours le Béranger de Lisette, du Dieu des bonnes gens, le chansonnier de la chaumière et de la mansarde... Bravo, mon Béranger ! Tu as raison de te dérober au choix des deux cent mille électeurs parisiens, car tu es le représentant incontesté, l'âme harmonieuse de toute la France... Voilà ton véritable et glorieux mandat !

Cependant, de tous les bancs de l'Assemblée, des voix s'élevaient, se croisent de droite et de gauche :

— Non! non! pas de démission; nous n'acceptons pas la démission de Béranger! Qu'il vienne siéger parmi nous!

Les tribunes publiques s'en mêlèrent :

— Non, non! pas de démission! Béranger est l'élu de la France! Vive Béranger!

Quand le silence se fut rétabli, un débat s'engagea pour savoir si l'on accepterait ou non cette démission, et l'Assemblée, consultée, décida, à l'unanimité, qu'elle ne l'acceptait pas.

— Eh bien! ma chère Lisette, fit tout bas Déjazet, que pensez-vous de tout cela?

— Je pense, lui répondis-je, que Béranger persistera dans son refus. Je le connais assez pour être sûre de ne pas me tromper.

Le jour même, le président lui annonça, par une lettre des plus chaleureuses et des plus sympathiques, la décision de ses collègues, et l'invita à venir occuper son siége.

Mais le 15 mai, Béranger lui répondit, en maintenant sa démission, par une lettre lue également en séance publique :

« Passy, 15 mai 1848.

« CITOYEN PRÉSIDENT,

« Si quelque chose pouvait mettre en oubli mon âge, ma santé et mon incapacité législative, ce serait la lettre que vous avez eu l'obligeance de m'écrire, et par laquelle vous m'annoncez que l'Assemblée nationale a honoré ma démission d'un refus.

« Mon élection et cet acte des représentants du peuple seront l'objet de mon éternelle reconnaissance. Par cela même qu'ils sont un peu trop au-dessus des faibles services que j'ai pu rendre à la liberté, ils prouvent combien sont enviables les récompenses réservées désormais à ceux qui, avec de plus grands talents, rendront des services réels à notre chère patrie.

« Heureux d'avoir été l'occasion de cet exemple encourageant, et convaincu que c'est la seule utilité que je pouvais avoir encore, citoyen président, je viens de nouveau supplier à mains jointes l'Assemblée nationale de ne pas m'arracher à l'obscurité de la vie privée.

« Ce n'est pas le vœu d'un philosophe, encore moins d'un sage; c'est le vœu d'un rimeur, qui croirait se survivre, s'il perdait, au milieu du bruit des affaires, l'indépendance de l'âme, seul bien qu'il ait jamais ambitionné.

« Pour la première fois, je demande quelque chose à mon pays : que ses dignes représentants ne repoussent donc pas la prière que je leur adresse, en leur réitérant ma démission, et qu'ils veuillent bien pardonner une faiblesse d'un vieillard, qui ne peut se dissimuler de quel honneur il se prive en se séparant d'eux.

« En vous chargeant de présenter mes très-humbles excuses à l'Assemblée, recevez, citoyen président, l'hommage de mon respectueux dévouement.

« Salut et fraternité,

« BÉRANGER. »

Cette fois, l'Assemblée dut se résoudre à accepter une démission si nettement formulée, et quelques jours après, Béranger composait, à cette occasion, quelques couplets, qui devaient figurer plus tard dans ses *Dernières chansons :*

> Dirige le char de la République !
> M'ont crié des fous, sages d'à présent.
> Qui, moi ? M'attacher au joug politique,
> Lorsqu'il faut un aide à mon pas pesant !
> Ai-je, à tel labeur, force qui réponde ?
> Qu'en dis-tu, bâton, las de me porter ?
> Tu gémirais trop de voir ajouter
> Au poids de mon corps tout le poids d'un monde.

Ici, encore une anecdote, un épisode plein d'originalité.

Je ne le puise pas dans mes souvenirs, car la chose se passa dans la commune de Passy, où Béranger continuait à résider ;

tandis que depuis notre séparation, je m'étais retirée, au fond du Marais, dans un modeste appartement, où Lisette cachait sa royauté déchue.

J'emprunte donc la scène qu'on va lire à une publication de l'époque : une véritable scène de Callot.

J'ai dit que Béranger faisait partie d'une commission de secours, qui se réunissait au palais de l'Élysée.

Un jour, c'était vers la fin du mois de mai, on vint le prévenir qu'une bande de sept à huit cents pensionnés de la Commission avait envahi la rue des Moulins et sollicitaient l'honneur de le voir.

Béranger habitait toujours Passy, mais il avait quitté la rue Vineuse pour la rue des Moulins, n° 1.

Il prête l'oreille et entend une sourde rumeur, puis un chœur formidable s'élève : c'est la chanson des *Gueux !*

> Les gueux, les gueux
> Sont des gens heureux !

Béranger sort, jette un regard affectueux et souriant à cette foule, et se trouva au milieu d'une pittoresque collection d'aveugles, de manchots, de paralytiques, de boiteux, de culs-de-jatte : joueurs de violon, de clarinette, d'orgue de barbarie, de vielle, de serinette; puis des femmes, des enfants : toute la population nomade et chantante des rues de Paris.

A la vue de Béranger (pour ceux qui y voyaient), ce fut un *hurra* général :

Vive le roi de la chanson ! Vive Béranger !

Les aveugles criaient de confiance.

Un orateur s'avance; c'est le doyen de la troupe et le plus éloquent : une sorte de *grand Coërce*. Il harangue le poëte au nom de tous, et, après lui avoir exprimé la naïve admiration de ses compagnons, il lui demande, comme une grâce, de traverser les rangs, afin que les aveugles, qui ne pouvaient le voir, puissent au moins le toucher.

Béranger hésite un instant; mais l'émotion le gagne, et le voilà au milieu de tous ces pauvres gens.

La Maintenon du roi de la chanson.

Alors la scène devient vraiment attendrissante.

Les uns s'agenouillaient devant lui et baisaient avec respect ses vêtements; les autres lui pressaient les mains et les serraient avec effusion dans les leurs.

Des mères lui présentaient leurs petits enfants, et le priaient de les bénir.

Les aveugles cherchaient à le toucher au passage.

Ici, on pleurait de joie de voir l'homme qui avait su jeter un éclat de franc rire au milieu de ces grandes misères; là, on pleurait de regret de ne pouvoir contempler ses traits; et, de ces yeux où ne pénétrait plus la lumière, coulaient d'abondantes larmes.

Puis, lorsque Béranger, au moment de se retirer, ouvrit, avec une bonhomie charmante, ses bras au vieillard qui avait porté la parole, mille acclamations retentirent de nouveau, réveillant tous les échos de Passy, et la bande se mit à défiler en bon ordre dans la rue des Moulins, en chantant en chœur :

> Les gueux, les gueux,
> Sont des gens heureux;
> Ils s'aiment entre eux :
> Vive les gueux !

CHAPITRE XVII

La démission de Béranger n'est pas généralement approuvée. — Comment il se défend. — Une boutade du chansonnier. — Un livre classique pour les pensionnats de demoiselles. — Un article inconvenant de l'*Assemblée nationale*. — Béranger a épousé... sa servante ! — Réponse du chansonnier. — La Maintenon et la Fontange. — Les deux Lisettes. — Revendication de la vraie Lisette sur le domaine de mademoiselle Judith Frère. — Je revois Béranger au Bois de Boulogne. — Le cœur ne vieillit pas, mais les cheveux blanchissent. — Un doux entretien brusquement interrompu. — Madame de Maintenon met en fuite mademoiselle de Fontange.

La démission de Béranger ne fut pas approuvée par tous ses amis. Il s'y était d'ailleurs attendu.

Quelques-uns l'accusaient alors d'avoir déserté la cause de la démocratie, d'avoir trahi ses intérêts.

— Moi, trahir les intérêts de la démocratie, s'écriait-il un soir que, dans un cercle d'intimes, on lui adressait ce reproche ; mais vous voulez plaisanter ! C'est comme si on accusait un bonhomme qui porte des lunettes vertes, parce que sa vue est trop faible pour supporter la clarté éblouissante du jour, de trahir la cause du soleil.

Une autre fois, un des jeunes poètes dont il encourageait et soutenait les débuts, lui dit :

— Vous avez eu tort, cher maître, de ne pas rester à votre poste de représentant du peuple.

— Vous trouvez cela, vous ? voyons vos raisons ; si elles sont bonnes, je reconnaîtrai ma faute.

— Oui... on vous eût nommé certainement ministre : on vous eût donné un portefeuille.

— Bah ! vous pensez......

— Certainement.

— Et quel portefeuille m'aurait-on donné, à votre avis ?

— Parbleu, celui qui vous revient de droit... le portefeuille de l'Instruction publique.

— C'est dit ! fit joyeusement Béranger ; me voilà ministre de l'Instruction publique : je ne suis pas même bachelier ès-lettres ; mais c'est égal : il paraît que le grand maître de l'Université n'est pas tenu à avoir fait ses classes... Eh bien, usant de mon pouvoir, je fais immédiatement adopter mes recueils de chansons comme livres classiques et obligatoires... dans tous les pensionnats de jeunes demoiselles.... En classe donc, mes demoiselles, et entonnez-moi en chœur : *La Fuite de l'amour*, et *La vertu de Lisette* !

Quels éclats de rire, parmi ses auditeurs, à cette boutade !

Les journaux s'occupaient beaucoup de Béranger, en ce moment ; ils s'en occupaient même trop ; quelques-uns poussèrent l'indiscrétion jusqu'à franchir le mur de sa vie privée, et l'inconvenance jusqu'à le blesser, par leurs stupides inventions, dans ses affections les plus intimes, dans ses sentiments les plus délicats.

L'Assemblée nationale, un des organes cléricaux de l'époque, poussa plus loin que ses confrères cette inconvenance, en annonçant un beau jour à ses lecteurs que Béranger venait d'épouser.... sa servante !... D'autres feuilles répétèrent la chose.

Le numéro de l'*Assemblée nationale* qui contenait cette étrange nouvelle me tomba par hasard sous la main.

— Béranger marié ! m'écriai-je ; allons donc, ce n'est pas possible. Et avec sa servante, encore !

Puis, après un instant de réflexion, je compris que le rédacteur de la benoîte feuille cléricale avait voulu parler de mademoiselle Judith Frère, qui depuis la retraite de Lisette tenait la maison ou plutôt le modeste ménage du chansonnier.

En effet, quelques lignes plus bas, le journal en question la nommait en toutes lettres.

Je ne m'étais pas trompée en rejetant la nouvelle, car le 5 juin 1848, l'*Assemblée nationale* recevait de Béranger la lettre suivante :

A *monsieur le rédacteur en chef de l'*Assemblée nationale.

« Monsieur,

« Vous avez l'obligeance de m'envoyer votre journal depuis
le 1er juin; mais je dois au hasard de lire votre numéro du
30 mai.

« On y assure que je viens de me marier, que j'ai épousé ma
servante, et que tout Passy a été l'heureux témoin de ma noce.

« Parmi toutes les nouvelles fausses qui enrichissent nos journaux, il n'en est pas qui ait pu me surprendre plus que celle-là.

« Si l'article n'intéressait que moi, je laisserais courir cette
nouvelle, même à Passy, qui ne se doute guère du plaisir que
lui a procuré ce prétendu mariage *in extremis*.

« Mais il faut que vous le sachiez, Monsieur, la personne que
votre collaborateur désigne comme ma servante, est une amie de
ma première jeunesse, à qui je dois de la reconnaissance.

« Plus favorisée que moi par sa position de famille, il y a
cinquante ans qu'elle rendait à ma pauvreté bien des petits services d'argent.

« Pour me rendre service encore, lorsque tous deux nous
touchions à la soixantaine, elle voulut bien se charger de tenir
mon premier ménage, que me forçait de prendre une tante infirme dont je voulais soigner la vieillesse.

« Vieux amis qui ne nous étions jamais perdus de vue, nous ne
nous doutions guère alors que nos cent seize ans réunis sous le
même toit, fourniraient matière aux médisances du feuilleton, et
la vieille demoiselle était loin de penser, toute modeste qu'elle
est, qu'en la voyant établir autour de moi une économie indis-
pensable à tous deux, on la prendrait pour la servante du logis,
ce qui, après tout, n'eût blessé ni ses sentiments démocratiques,
ni les miens.

« Je ne croyais, quant à moi, son nom connu que de nos amis
communs et de quelques indigents.

« Grâce à votre collaborateur, Monsieur, ce nom est arrivé

aux oreilles du public ; c'est pourquoi je suis contraint de faire connaître celle qui le porte.

« Vous jugerez donc, je l'espère, l'insertion de ma lettre juste et nécessaire pour détruire l'effet d'un article que je regrette de n'avoir pas connu plus tôt.

« Je ne me plains pas de l'esprit qui l'a dicté en ce qui me touche ; mais je crois de mon devoir d'apprendre à vos lecteurs que ma vieille amie a toujours eu trop de bon sens pour avoir désiré jamais d'être la femme d'un pauvre fou qui a mis son bonheur en chansons, et livré sa vie à la discrétion des journalistes.

« D'après différentes anecdotes inventées sur mon compte, et aussi vraisemblables que mon prétendu mariage, je conclus, Monsieur, qu'il y a de ma faute dans tout cela.

« Malgré mon amour de la retraite, le désir d'obliger m'a fait recevoir beaucoup trop de visiteurs.

« Jusqu'à ce que la délicatesse et le bon goût empêchent de franchir les murs dont la loi, dit-on, entoure la vie privée, il faut, je le vois, fermer bien notre porte.

« Désormais je vais mettre un verrou de plus à la mienne, et j'aurai l'obligeance d'un peu plus de repos à votre spirituel feuilletonniste.

« Remerciez-le donc de ma part, Monsieur, et recevez, je vous prie, l'assurance de ma considération distinguée.

« Votre très-humble serviteur,

« Béranger. »

« Passy, 5 juin 1848. »

C'est le moment de consacrer quelques lignes de ces Mémoires à ma rivale, si je puis donner ce nom à celle qui eut le bonheur de charmer et de consoler, seule, les dernières années de mon poète ; à cette seconde Lisette, qui fut la Maintenon du grand roi de la chanson ; tandis que moi, la première Lisette, j'avais été quelque chose comme sa Fontanges.

Un écrivain de talent, un Bénédictin du gai savoir, mort à la fleur de l'âge, Thalès Bernard, a essayé, dans un charmant petit volume intitulé la *Lisette de Béranger*, d'esquisser le profil de ces deux Lisettes :

La Lisette de la jeunesse et la Lisette de l'âge mur.

« Sa première Lisette, dit-il, qui n'a guère de rapport avec mademoiselle Frère, est une *création imaginaire*, bien calquée sur les mœurs du temps. C'est à peine si Béranger, dans ses premières chansons, a frisé la grossièreté. Il a bientôt laissé là les Frétillons et les Margotons, pour en revenir au type de Lisette qu'il voulait dessiner et peindre au complet, sans avoir la moindre idée de peindre sa compagne réelle.

« Il a affecté même d'établir une différence physique entre la Lisette de son imagination et sa compagne chérie. Voici comment il s'exprime dans la *Vertu de Lisette :*

> Le barreau, l'Église et les armes
> De ses yeux noirs faisaient grand cas.

« Or, tous les amis de Béranger savent que la vraie Lisette avait les yeux bleus, et certainement le poète pensait intimement à elle, lorsqu'il a dit dans *l'Ange exilé :*

> Ange aux yeux bleus protége-moi toujours !

« La Lisette idéale de Béranger, c'est une femme sans prétentions, comme son nom l'indique ; c'est la grisette parisienne de 1820, travaillant la semaine dans sa mansarde, et, le dimanche, mettant une robe d'indienne et un joli bonnet pour s'en aller dîner à la Butte Montmartre ou aux prés Saint-Gervais.....

« A mesure que les années marchent, que les folies de la jeunesse s'évanouissent, il faut que les créations du poète prennent un caractère plus grave. En conséquence le type de Lisette s'épure, et il finit par devenir identique avec la réalité..... »

Eh bien, apprenez, M. Thalès Bernard, que la Lisette des premières chansons de Béranger, dont vous voulez faire une *création idéale*, était une vivante... et charmante réalité.

Charmante... que l'on me passe ce mot ! Il doit être permis à une femme de parler de ses charmes, quand le temps les a emportés sur ses ailes rapides.

Cette Lisette, qui était la vraie Lisette, n'en déplaise à M. Thalès, avait bec et ongles.

Son bec était rose.

Ses ongles étaient blancs.

De 1800 à 1830, le chansonnier, dans toute la floraison de son génie, ne faisait pas des épitalames à la lune, croyez-le bien. L'amour idéal n'était pas de mode, alors.

Son cœur n'était pas voué aux amours platoniques.

Oui : il y a eu réellement Lisette et Lisette.

Oui, l'une avait les yeux noirs, l'autre les yeux bleus.

L'une était brune, l'autre était blonde.

L'une débouchait les flacons, moissonnait les roses, et accompagnait le barde en choquant les verres sur la table des gais festins : c'était moi.

L'autre mit de l'eau dans son vin, cultiva les roses, au lieu de les cueillir toutes venues, évita les courants d'air et avait horreur du bruit.

J'aime autant le rôle que j'ai rempli dans la vie du chansonnier, que celui de la bonne femme qui vécut dans la vieillesse de Béranger.

Et remarquez bien, cher lecteur, que mademoiselle Judith Frère fut une amie, non une maîtresse.....

Quelques semaines après la lettre adressée au journal l'*Assemblée nationale*, je me rendis à Passy, prise d'une folle envie de revoir Béranger, ne fût-ce qu'une minute.

Je savais qu'il lui arrivait souvent, par les belles matinées, de se promener seul dans le bois de Boulogne, et c'est là que j'espérais le rencontrer.

Le hasard me servit à souhait.

Je l'aperçus, s'avançant dans une allée étroite et ombreuse. Je

Les amoureux aux prés Saint-Gervais.

m'étais cachée; mais quand il ne fut plus qu'à deux pas, je passai la tête à travers un buisson d'aubépine.

Le chansonnier me reconnut aussitôt.

— Lisette! s'écria-t-il.

— Son ombre, plutôt, répondis-je, avec un doux et triste sourire; je ne suis plus que l'ombre de votre Lisette.

— Pourquoi son ombre, chère et bonne fillette?

— Hélas ! vous le voyez : il n'y a plus de fillette, mais une vieille femme.

— Lise, le cœur ne vieillit pas...

— Mais les cheveux blanchissent... Voyez les miens : N'ont-ils pas l'air d'avoir été argentés par le procédé Ruolz ? L'hiver a soufflé sur les roses de mon teint.

— Le souvenir embellit tout...

— Sans réparer rien... Témoin ce châle... vous savez, ce petit châle que je suspendais parfois devant la fenêtre de notre grenier, pour en faire un rideau contre des regards indiscrets... Je l'ai conservé comme une relique d'un bonheur qui n'est plus... Eh bien, si vous le voyiez : il n'a plus de couleurs, et il est criblé de reprises.

Il sourit et me serra la main :

— Sois bénie, charmante enfant, feu follet de mes amours évanouies, reflet de la jeunesse lointaine !.., Si tu savais...

Mais il s'interrompit, et son regard inquiet se fixa vers l'extrémité de l'allée où nous nous trouvions.

Tout à coup, il abandonna ma main, et s'éloigna avec précipitation.

Une vieille demoiselle accourait à sa rencontre.

Elle avait un tour de tête blond, frisé ou plutôt défrisé, un bonnet qui rappelait les modes de 1830, une robe de soie puce, et l'air peu récréatif.

C'était mademoiselle Judith Frère. Sauve qui peut !

La sévère Maintenon survenant, la pauvre et tendre Fontanges devait se hâter de disparaître.

C'est ce que je fis, non sans éprouver un certain sentiment de satisfaction.

Elle était beaucoup plus vieille que moi !

———◆◆◆———

CHAPITRE XVIII

L'éditeur de Béranger. — Huit cents francs de rente, pour toutes les œuvres du chansonnier. — Lisette se permet de trouver que c'est peu. — La table de Pythagore. — La rente s'augmente et finit par quintupler. — Béranger quitte Passy pour venir occuper un petit logement rue Vendôme. — La dernière étape. — Les divers logements de Béranger, de 1829 à 1854. — Les manies du chansonnier. — Une histoire de chats. — Miaou, miaou, que veut minette ? — Béranger dans les fers. — Son régime à Sainte-Pélagie. — La paille humide des cachots. — Une douche de vin de Romanée. — Souvenirs de prison.

La Révolution de 1848 avait à moitié ruiné Béranger, dont les modestes économies étaient placées en rentes sur l'État.

Afin de pourvoir à quelques dépenses imprévues, il fut forcé de vendre ses titres, au plus mauvais moment de baisse, et perdit dessus presque cinquante pour cent.

Il lui restait cependant la pension viagère que lui servait son éditeur, M. Perrotin,.

En 1834, après la publication de son troisième recueil, M. Perrotin lui avait acheté « ses chansons présentes et futures » pour une rente viagère de *huit cents francs.*

Huit cents francs, c'était bien maigre, et quoique Lisette ne fût pas très-forte en arithmétique, elle savait cependant assez compter sur ses jolis doigts aux ongles roses, pour établir une règle de proportion entre les huit cents pièces de vingt sols que contenait la rente et les trois cents soixante-cinq jours de l'année.

Il me suffit de quelques minutes de ce calcul primitif pour arriver à cette conclusion, que les œuvres passées, présentes et futures du chansonnier ne lui rapporteraient guère que deux francs et quelques centimes par jour.

Or, on ne vit pas grandement avec quarante sols par jour, à Paris, ni même à Passy.

J'avais donc fait part de mes observations arithmétiques à Béranger.

— Lisette, m'avait-il répondu, je ne te croyais pas si versée que cela dans la science de Pythagore...

— Pythagore? qu'est-ce que c'est que ce monsieur?

— Pythagore était un homme de l'ancien temps, très-fort sur le calcul, et qui a inventé une table qui porte son nom.

— Une table de salle à manger ou de cuisine?

— Une table de multiplication.

— Vous vous moquez de moi et de mon ignorance; n'importe, mon pauvre poète; mais si vous en êtes réduit à cette rente de huit cents francs que vous offre votre éditeur, votre table, à vous, ne sera, d'ici à la fin de vos jours, qu'une table de privations.

— Pas de méchants propos sur ce brave Perrotin! s'écria Béranger. Si l'achat de mes œuvres devient pour lui une mauvaise affaire, je serai le premier à rompre le marché et à le dégager de son contrat. S'il y gagne peu ou prou, il sera le premier à m'offrir une plus-value, que j'accepterai ou refuserai suivant les circonstances.

Béranger ne s'était pas trompé, et Perrotin avait successivement porté sa rente à 1,500 fr., à 2,000, à 3,000 et à 4,000 fr., au fur et à mesure que s'étaient accrus les bénéfices de l'exploitation.

« Ce bon Perrotin, disait souvent Béranger, m'a augmenté jusqu'à quintupler la rente convenue. Je lui demanderais le double de ce qu'il me donne, qu'il le ferait sans hésiter; il me l'a même offert cent fois... C'est un fils, et un bon fils! »

Toujours est-il que les pertes d'argent que lui fit subir la Révolution de 1848, le forcèrent à quitter sa petite maison de la rue des Moulins, à Passy, et à venir occuper, après quelques pérégrinations économiques, un très-modeste appartement, rue de Vendôme, n° 3, au second, au-dessus de l'entre-sol.

C'était un ancien appartement de domestique.

Cinq pièces, pour le modique prix de 300 francs par an.

Sa chambre était plus que modestement meublée.

Entre deux étroits cabinets de toilette, un lit de fer à rideaux de serge verte, soutenus par une flèche de bois doré. Un canapé toujours chargé de livres et de brochures, sur lequel par conséquent on ne s'asseyait pas. Un bureau-secrétaire à l'ancienne mode du temps de la Restauration. Un fauteuil et quelques chaises foncées de crin.

La rue de Vendôme, où il venait abriter sa vieillesse (il avait 73 ans en 1854), devait être, hélas ! la dernière étape du bon et glorieux chansonnier.

Revenons sur nos pas, et marquons d'une pierre blanche, comme les anciens, toutes les autres étapes qu'il avait parcourues, ou plutôt tous ses lieux de station, depuis sa sortie de la prison de la Force, après sa seconde condamnation.

C'est d'abord rue Latour-d'Auvergne, au-dessus de la rue Neuve-Coquenard.

« Près de la barrière des Martyrs, dit Châteaubriand, sous Montmartre, allez rue de La Tour-d'Auvergne ; dans cette rue à moitié bâtie, à demi pavée, dans une petite maison retirée dans un petit jardin, et calculée sur la modicité des fortunes actuelles, vous trouverez l'illustre chansonnier. »

Il va passer ensuite quelques mois à Maisons, chez M. Laffitte, où se trouvaient avec lui Benjamin Constant, M. Thiers, et M. Mignet.

En 1830, il est à Passy.

De 1834 à 1836, il habite Fontainebleau.

De 1836 à 1838, il est à Tours.

Il s'établit à Fontenay-sous-Bois, près de Paris, en 1839.

Il revient à Passy, rue Vineuse, en 1840.

En 1845, il est à Versailles, rue de l'Orangerie, n° 10.

Le 20 mars 1846, il pose, pour quelques semaines, ses pénates au passage Sainte-Marie à Beaujon.

Au mois de septembre de la même année, retour à Passy, où il occupe la maison du n° 1 de la rue des Moulins.

En 1850, il est rue d'Enfer, n° 113, chez madame Meunier,

une maîtresse d'hôtel, qu'il suit, au mois de juillet de la même année, rue Châteaubriand, n° 5.

Enfin, au mois d'octobre 1854, nous le trouvons rue Vendôme.

Aussi n'a-t-on pas manqué de dire que Béranger, comme le fameux compositeur Beethoven, était possédé de la manie du déménagement. Pourquoi pas ?

Quel est l'homme célèbre qui n'a pas eu ses manies ?

Mais chez Béranger, ces changements de domicile si fréquents n'étaient pas toujours l'effet d'un caprice, et nous avons vu, par exemple, que son départ pour Fontainebleau, puis sa résidence à Tours avaient eu pour motifs un impérieux besoin de repos, et l'importunité de ses trop nombreux visiteurs, y compris les féroces amateurs d'albums.

Puisque je suis sur le chapitre des manies, en voici une que j'ai connue à Béranger, et que je partageais avec lui, comme c'était mon devoir de compagne fidèle.

Dans sa jeunesse, il ne pouvait souffrir les chats. La race féline lui inspirait un éloignement invincible.

Plus tard, beaucoup plus tard, dans sa vieillesse, il fit la paix avec elle. Ce fut sans doute mademoiselle Judith qui le réconcilia avec les descendants du chat botté, pour lesquels cette vieille demoiselle éprouvait une tendresse toute particulière.

Dans les lettres posthumes du chansonnier on trouve en effet celle-ci :

« J'aurais été vous voir, hier, madame ; mais *Minette* m'a fait des siennes : elle a disparu depuis jeudi et n'est pas encore rentrée. Judith est au désespoir, et moi je n'ai pu dormir cette nuit. Si elle reparaît demain, je serai chez vous avant midi ; dans le cas contraire, pardonnez-moi ; mais j'aime cette bête ; si elle devait ne plus revenir, nous ne nous en consolerions pas : elle fait partie de ma famille.

« Je rouvre ma lettre pour vous dire que Minette est de retour au logis. Pauvre bête ! Il paraît que c'est un caprice pour certain matou du voisinage qui l'a retenue si longtemps. »

> Miaou, miaou, que veut Minette ?
> Miaou, miaou, c'est un matou !

Puisque j'ai donné la liste assez nombreuse des divers domiciles de Béranger, depuis les dernières années de la Restauration, il n'est pas inopportun de dire aussi quelques mots de de son séjour dans deux autres maisons où il fit un court passage :

Sainte-Pélagie et la Force.

Non pas que je veuille vous donner la description de ces deux *maisons de retraite*, il s'agit seulement du régime pénitentiaire qu'il y subit, de la façon dont il fut traité « sur la paille humide des cachots. »

J'ai reproduit dans un chapitre précédent, les couplets de Frédéric Berat :

> Fidèle au peuple, il envoya ses outrages,
> Et respira l'*air impur des cachots...*
> . . . .
> Mais *dans les fers* son luth chanta la France...

En historienne véridique, je dois dire que l'*air impur* et les *fers* de *Sainte-Pélagie* et de la *Force* sont une pure légende.

A Sainte-Pélagie, il occupait une cellule située au premier étage de la cour, dite *Cour du milieu*.

Peu de lignes suffiront à la description : un lit à deux matelas, un petit bahut, trois chaises, une table avec plumes, encre, papier ; une cheminée où flambent quelques grosses torches, et, collé au mur, un papier de tenture représentant un congrès d'amours ailés.

Où diable les amours étaient-ils allés se nicher ?

Pour compagnons de captivité, il avait quelques hommes célèbres de la presse militante et opposante :

Cauchois-Lemaire, Jouy, Fontan, Paul-Louis Courier.

L'opinion publique s'était émue profondément, à la première nouvelle de sa condamnation, et de bons vivants de provinciaux s'empressèrent de lui envoyer, du fond de leurs plantureuses et lointaines contrées, quelques produits du crû, propres à adoucir les rigueurs de la prison, et à alimenter sa haine du vieux régime.

Des citoyens de Semur lui firent donc remettre un panier de chambertin et de romanée, avec cette lettre :

« Monsieur, par jugement des Semurois, vous êtes bien et duement convaincu d'essayer de guérir des gens incurables. Avant que cette folie vienne à l'état chronique, nous vous envoyons un panier de vin de chambertin et de romanée, en vous ordonnant des douches intérieures pendant votre séjour en prison. »

D'autres cadeaux semblables lui arrivèrent, et il remercia ses amis inconnus de la vieille Bourgogne, par plusieurs chansons, entre autres *Ma guérison* et *l'Agent provocateur.*

> Avec son habit un peu mince,
> Avec son chapeau goudronné,
> Comme l'honneur de la province
> Ce Bourguignon nous est donné.
> Quoiqu'il soit déjà respectable,
> Que d'un beau nom il soit porteur,
> Chut, mes amis, il faut jaser à table :
> C'est un agent provocateur !

D'Ille-et-Vilaine lui vinrent des bourriches pleines d'excellents gibiers ; du Mans, des poulardes et des chapons :

> Grâce à votre bourriche pleine
> De gibier digne d'un glouton,
> Tonton, tonton, Tontaine, Tonton !
> Joyeux chasseurs d'Ille-et-Vilaine
> De votre cor je prends le ton,
> Tonton, Tontaine, Tonton.

Condamné, comme je l'ai déjà dit, à neuf mois de prison, après son quatrième recueil de chansons, Béranger entra à la Force dans les premiers jours du mois de janvier 1829, et en sortit au mois d'octobre de la même année.

Le dimanche des grisettes.

Parmi les compagnons de Béranger à Sainte-Pélagie, j'ai oublié de mentionner l'improvisateur Eugène de Pradel.

Plus tard, l'improvisateur et le chansonnier se rencontrèrent et se mirent à évoquer les souvenirs de leur prison.

M. Eugène de Pradel, dans une brochure tirée à un très-petit nombre d'exemplaires et devenue excessivement rare, a raconté ce que Béranger disait de Sainte-Pélagie.

« Il me rappela tout d'abord, écrit M. de Pradel, le fameux *corridor rouge*,.... puis Béranger m'assura qu'il se prenait quelquefois à regretter la prison, qu'il y avait contracté des habitudes de mollesse, qu'enfin la prison l'avait gâté.

« — Dans ce temps-là, me disait-il, rien ne me manquait : les vins exquis, le gibier, les présents de toutes sortes pleuvaient chez moi, sans que j'en connusse la source, et je les recevais pour les partager avec mes pauvres compagnons d'infortune (le mot était consacré).

« Figurez-vous, continuait Béranger, que jusqu'alors j'avais ignoré les commodités de la vie : mal logé, mal couché, n'ayant jamais de feu en travaillant dans mon réduit, même pendant le plus rude hiver ; tandis que dans la prison mon coucher était excellent, ma table bien, trop bien servie, et ma chambre si soigneusement chauffée que le vent de décembre n'y pouvait pénétrer.

« Cependant il n'y a pas d'avantages sans inconvénients, ajoutait-il ; les visites, d'ailleurs fort aimables, ne discontinuaient pas ; elles me laissaient à peine le temps de respirer, encore moins de faire quelque chose ; et vous m'avez rendu alors un service plus grand que vous ne pouvez vous l'imaginer.

« — Qui ? moi ?

« — Oui, vous-même.

« Un moment de silence suivit ce court dialogue, et je me creusai la tête pour me rappeler l'important service que j'avais pu rendre à Béranger, à Sainte-Pélagie.

« — C'est, reprit-il, d'avoir concouru à l'évasion de Duvergier et de Laverderie !

« Je me souvins alors que j'avais effectivement fait évader ces deux condamnés de la prison de Sainte-Pélagie, dans la nuit de Noël, le 25 décembre 1820 ; mais cela ne m'expliquait pas encore la nature de l'obligation dont Béranger me parlait.

« Vous allez me comprendre, reprit-il alors. J'étais presque traité avec distinction, à Sainte-Pélagie, et le directeur de la prison, M. Baud, avait pour moi de nombreux égards, dont je n'abusais pas. Mais dès que l'on s'aperçut qu'il manquait deux détenus à l'appel, nous fûmes tout à coup soumis à une rigoureuse surveillance, et aux consignes les plus sévères. Par exemple, les nombreux visiteurs qui venaient du matin jusqu'au soir égayer nos verrous, ne furent plus admis dans la chambre des prisonniers ; nous ne reçûmes plus de visites qu'au parloir, et à certaines heures, ce qui me valut, par le fait, une plus grande dose de liberté... Et voilà, mon cher de Pradel, comment vous me rendîtes un signalé service, en faisant évader nos deux compagnons. »

Quel adorable caractère, que celui de Béranger !

CHAPITRE XIX.

Les pages d'amertume. — Ne tournons pas encore le feuillet. — Souvenirs
folâtres. — Le dimanche des grisettes. — Rose, partons ! — La belle nature
pour les Parisiens d'il y a quarante ans. — Romainville, l'Ile d'Amour, les
Prés Saint-Gervais. — On dîne à la guinguette. — Retour au grenier. — Le
Moulin de beurre.— La petite mère Saguet. — Le cabaret de madame Grégoire.
— Une Société chantante. — Béranger en est nommé président. — *Le vin à
quatre sous* de Donvé, le *Coup de Piqueton* de Billoux. — *Le Dieu des bonnes
gens* de Béranger. — La police fait fermer le *Moulin de beurre.* — Ce que
devint la célèbre madame Grégoire. — La châtelaine de Haut-Pas, d'Ambès et
autres lieux. — La petite mère Saguet meurt en odeur de sainteté. — *Les
Capucins.*

Béranger avait fait de beaux rêves, dans sa vie, — je ne parle
pas de ses rêves d'amour.

C'était lui qui avait dit :

> Mon cœur est un luth suspendu :
> Sitôt qu'on le touche il résonne.

Deux grandes idées l'avaient fait surtout résonner, ce noble
cœur, ce luth harmonieux :

La Liberté, et la Gloire !

La Liberté, il l'avait chantée, au profit de l'idée républicaine.

La Gloire, il l'avait célébrée en évoquant les souvenirs de
l'Empire.

Gloire et Liberté pour son pays furent ses deux rêves.

Il avait revu la République en 1848, et l'Empire en 1852...
Que de déceptions !

Lisette s'arrête là, tout court, car ces modestes Mémoires,
ces souvenirs d'une femme aimée d'un poète doivent demeurer
étrangers aux choses nauséabondes de la politique.

Tout ce que je veux dire ici, c'est que ces amertumes, ces déceptions, jointes aux maux de la vieillesse, allaient faire à
Béranger, dans sa nouvelle demeure, des jours pleins de décou-
ragement, de tristesse...

Il avait soixante-treize ans quand il vint demeurer rue de
Vendôme !

J'arrive, moi aussi, aux pages d'amertume et de tristesse, aux
heures sombres, car j'approche du moment où il me faudra parler
des derniers jours, des dernières heures de mon bien-aimé compagnon, de celui dont j'avais partagé la jeunesse, et qu'il ne me
fut pas permis de consoler sur le bord de la tombe.

Ah! ne tournons pas encore le feuillet après lequel se trou-
veront ces pages encadrées de noir, ces pages de deuil, que
je mouillerai certainement de mes larmes.....

Retardons de quelques instants le récit suprême...

Souvenirs folâtres et gracieux des années lointaines, venez
voltiger autour de moi ; effleurez le front ridé de la vieille Lisette,
de vos ailes de gaze, brillantes et fragiles comme celles du
papillon !

C'est aujourd'hui dimanche... Ah ! le dimanche, il y a bien
longtemps de cela, quel beau jour, quelles joyeuses parties !

Le dimanche des grisettes ! Pensez donc !

Nous habitions alors, je crois, la rue de Bondy... En 1804...

Après le travail de toute la semaine — l'aiguille, dans la
main de la jeune et jolie grisette, la plume dans les doigts du
rimeur — venait le dimanche béni, le jour du repos : non, le jour
du plaisir et de l'amour.

> Rose, partons, voici l'aurore.

Rose, c'était moi.

> Rose, partons, voici l'aurore,
> Quitte ces oreillers si doux.
> Entends-tu la cloche sonore
> Marquer l'heure du rendez-vous ?
> Viens aux champs fouler la verdure ;
> Donne le bras à ton amant.

> Rapprochons-nous de la nature,
> Pour nous aimer plus tendrement.

La belle nature, pour les Parisiens d'il y a quarante ans, c'était Romainville, Ménilmontant, l'Ile d'Amour, les Prés Saint-Gervais.

Dans la petite chambre du grenier de la rue de Bondy, tout était sens dessous, dès le matin.

— Je vais mettre ma robe d'indienne rose !

— As-tu fait une reprise à mon habit vert ?

— Oui... mais où ai-je donc mis mon bonnet ?

On vidait l'armoire, on bouleversait les tiroirs de la commode, pour chercher le bonnet, les rubans.

On brossait l'habit et le chapeau ; on cirait les souliers de l'ami. On riait, on chantait, on s'embrassait, et l'on partait bras dessus, bras dessous, vers les dix heures, par un beau soleil, grimpant à pied cette interminable montée de Belleville ou de Ménilmontant.

Voici les champs, les haies vertes, les bois ; voici la campagne ! On faisait un bouquet de lilas ou de coquelicots et de fleurs sauvages, suivant la saison ; on cueillait des fraises, on dévalisait quelques groseilliers...

Puis, quand on était bien las de courir, on s'asseyait sur l'herbe, dans un fourré, à l'abri des indiscrets.

Le soir venu, on gagnait la guinguette prochaine, on dînait sous la tonnelle, et le bal champêtre terminait la fête.

A minuit, on redescendait le long faubourg et l'on regagnait le grenier, ce grenier que le poète a immortalisé :

> Je viens revoir l'asile où ma jeunesse
> De la misère a subi les leçons.
> J'avais vingt ans, une folle maîtresse,
> De francs amis et l'amour des chansons.
> Bravant le monde, et les sots et les sages,
> Sans avenir, riche de mon printemps,
> Leste et joyeux, je montais six étages...
> Dans un grenier qu'on est bien à vingt ans !

C'est un grenier, point ne veux qu'on l'ignore.
Là fut mon lit, bien chétif et bien dur ;
Là, fut ma table, et je retrouve encore
Trois pieds d'un vers charbonné sur le mur.
Apparaissez, plaisirs de mon jeune âge,
Que d'un coup d'aile a fustigés le temps.
Vingt fois pour vous j'ai mis ma montre en gage...
Dans un grenier qu'on est bien à vingt ans !

Quelques années plus tard, Béranger me conduisait parfois au *Moulin de beurre*.

Qu'est-ce que le *Moulin de beurre ?* allez-vous me demander.

C'était un cabaret de modeste apparence, établi au delà de la barrière Montparnasse, un peu plus loin que le village de Plaisance, qui n'était alors qu'à l'état de promesse : quelques maisons éparses dans les champs.

Cet établissement avait pour hôtelière une ex-cuisinière de grande maison, jeune veuve encore fort appétissante, que les habitués de l'endroit appelaient *la petite mère Saguet*.

Ce fut elle que Béranger rendit si célèbre, sous le nom de *Madame Grégoire*.

C'était de mon temps
Que brillait madame Grégoire.
J'allais à vingt ans
Dans son cabaret rire et boire.
Elle attirait les gens
Par ses airs engageants ;
Plus d'un brave à large poitrine
Trouvait là crédit sur sa mine.
Ah ! comme en entrait
Boire à son cabaret !

Le *Moulin de beurre* avait été mis en vogue par le fameux Romieu, viveur, homme de lettres, journaliste... et plus tard préfet, sous le roi Louis-Philippe.

Comme le vin était bon, la cuisine bien assaisonnée, et la cabaretière encore jeune et très-fraîche, Romieu y conduisit de joyeux compagnons, qui y fondèrent une espèce de succursale de l'ancien Caveau ; la nouvelle société bachique et chantante prit le nom de : *Société du Moulin de beurre.*

Béranger en fut nommé président.

La société obtint une immense vogue, et les sociétaires devinrent si nombreux que madame Grégoire, je veux dire la petite mère Saguet, dut faire abattre les murs du jardin, acheter un petit champ contigu, et, les jours de grande réunion, on y dressait les tables.

D'ailleurs, chaque sociétaire pouvait amener sa famille, ses amis... ou sa bonne amie.

Au coup précis de quatre heures, on servait le festin, sans que les convives pussent craindre d'y voir étinceler en caractères de feu la menace du banquet de Balthazar : le *Mané, Thécel, Pharès,* attendu que la salle était complétement dépourvue de murs.

La table du président, élevée sur un tertre de gazon, dominait toutes les autres.

Sur la table du président était un énorme cruchon au goulot rétréci, emblême de sa dignité, et un maillet de chêne, orné à la poignée d'une queue de faisan.

Ce maillet était la sonnette du président : quand il voulait réclamer le silence, il en frappait trois coups sur la table, comme un commissaire-priseur.

Au dessert, l'on chantait ; mais chaque chansonnier devait se faire inscrire avant le repas, et prendre ainsi son tour.

Ce fut aux dîners du *Moulin de beurre* que furent chantés pour la première fois le *Vin à quatre sous,* d'Edouard Donvé, le dernier guitariste ; le *Coup de piqueton,* de Billoux ; les *Glissades,* de Montémon... et le *Dieu des bonnes gens,* de mon ami.

> Il est un Dieu, devant lui je m'incline,
> Pauvre et content, ne lui demandant rien ;
> De l'univers observant la machine,
> J'y vois le mal, et n'y fais que le bien.
> Mais le plaisir à ma philosophie
> Révèle assez des cieux intelligents.

Ah ! comme on entrait
Boire à son eabaret !

Le verre en main, gaiement je me confie
Au Dieu des bonnes gens !

Dans ma retraite où l'on voit l'indigence,
Sans m'éveiller assise à mon chevet,

> Grâce aux amours, bercé par l'espérance,
> D'un lit plus doux je rêve le duvet.
> Aux dieux de cour qu'un autre sacrifie;
> Moi qui ne crois qu'à des dieux indulgents,
> Le verre en main, gaiement je me confie
> Au Dieu des bonnes gens !

J'ai voulu fuir la politique, en commençant le chapitre, et voilà que j'y retombe en plein; mais ce n'est pas ma faute, c'est celle de la police.

Le *Dieu des bonnes gens* eut un succès qui dépassa toutes les proportions connues jusque-là. Tout Paris le chanta, et du même coup tout Paris parla de la société du *Moulin de beurre*.

Les dévots se scandalisèrent de ce que des *libéraux* avaient poussé l'impiété jusqu'à chanter le Bon Dieu dans une société chantante.

Au mois d'octobre 1821, un commissaire de police, accompagné de dix agents et flanqué d'une escouade de gendarmerie, apparut tout à coup, au moment où les sociétaires allaient se mettre à table, dispersa les impies et les séditieux, et ferma l'établissement.

La célèbre Madame Grégoire avait eu cependant le temps de faire son beurre, — passez-moi, je vous prie, ce jeu de mot un peu trivial. Elle quitta Paris, se retira en Franche-Comté, dont elle était originaire, et y acheta un manoir, un vrai manoir féodal, avec donjon, tourelles, douves, colombier, qu'on appelait le *Château de Haut-Pas;* et Madame Grégoire, ou, si vous aimez mieux, la petite mère Saguet vint l'habiter, en prenant le titre de : « Châtelaine de Haut-Pas, Ambès et autres lieux. »

Aux offices, le desservant de l'église de son village lui donnait des coups d'encensoir, et elle mourut, vers l'année 1833, en odeur de sainteté.

> Ah ! comme on entrait
> Boire à son cabaret !

Ce fut aussi dans une des joyeuses agapes du *Moulin de*

beurre que Béranger chanta cette chanson des Capucins que l'avocat général Marchangy avait dénoncée au jury, dans son réquisitoire, comme le renversement de toute morale sociale et religieuse.

« Il faut avoir des sentiments bien opiniâtres, s'était écrié Marchangy, pour attaquer ces humbles serviteurs de l'humanité (il parlait des capucins!), aujourd'hui qu'ils sont ensevelis sous les ruines de leurs cloîtres déserts. A peine leur souvenir vit-il encore dans quelque chaumière, où ils venaient, il y a bien longtemps, parler de Dieu à ceux qui mouraient, et partager le pain qu'ils tenaient de la charité. Pauvres et n'ayant rien possédé ici-bas, ils ont quitté ce monde sans avoir aucun compte à rendre : pourquoi donc poursuivre leur mémoire au-delà de l'exil et du martyre ? »

Et Marchangy avait alors donné lecture aux jurés des couplets suivants :

Bénis soient la Vierge et les saints :
On rétablit les capucins !

Moi qui fus capucin indigne,
Je vais, ma petite Fanchon,
Du Seigneur vendanger la vigne
En reprenant le capuchon.

Bénis soient, etc.

Fanchon, pour vaincre par surprise
Les philosophes trop nombreux,
Qu'en vrais Cosaques de l'Église
Les capucins marchent contre eux !

Bénis soient, etc.

La faim désole nos provinces,
Mais la piété l'en bannit,
Chaque fête, grâce à nos princes,
On peut vivre de pain bénit.

Bénis soient, etc.

L'Église est l'asile des cuistres,
Mais les rois en sont les piliers;
Et bientôt le banc des ministres
Sera le banc des marguilliers.

Bénis soient, etc.

Nos missionnaires font rendre
Aux bonnes gens les dons de Dieu;
Ils marchent tout couverts de cendre...
C'est ainsi qu'on couvre le feu.

Bénis soient, etc.

Fais-toi dévote aussi, Fanchette,
Va, il n'est pas de sot métier.
Mais qu'entre nous deux, en cachette,
Le Diable crache au bénitier...

Bénis soient la Vierge et les saints,
On rétablit les capucins !

Du *Moulin de beurre*, où Béranger conduisait quelquefois sa
Lisette et où il chanta le *Dieu des bonnes gens*, *Madame Grégoire* et *les Capucins*, au *Caveau moderne*, autre société chantante, où il fit entendre pour la première fois *le Sénateur*, il n'y
a que la main.

Qu'était-ce que le Caveau moderne ?

CHAPITRE XX.

La science historique de Lisette. — Les origines du Caveau. — Les dîners de
Piron. — Les diverses transformations du Caveau. — Un règlement en couplets.
— Le Caveau moderne au *Rocher de Cancale*. — Les cabarets du vieux Paris.
La Pomme de pin. — Le Mouton blanc. — La Bouteille d'or. — La Croix
blanche. — Béranger est reçu membre du Caveau, malgré sa sobriété. — Un
discours de Billoux sur les ivrognes célèbres. — *Le Sénateur*.

Je suis très-forte sur l'histoire du *Caveau*.

Ne vous étonnez pas de cette érudition tout exceptionnelle.

Si vous m'interrogiez sur d'autres points de l'Histoire de
France, vous me trouveriez d'une ignorance presque complète,
comme cela convient à une ci-devant grisette, compagne d'un
simple chansonnier.

Ainsi, je ne connais Henri IV que par la Belle Gabrielle, la
poule au pot et la statue du Pont-Neuf; je n'ai qu'une notion
très-confuse de Louis XIII, qui professait, m'a-t-on dit, un singulier éloignement pour notre sexe; Louis XIV m'est plus familier,
et je sais les noms de ses principales maîtresses: la tendre
la Valière, la hautaine Montespan, la charmante Fontanges, la
sévère Maintenon; mais je dois en oublier.

La Pompadour et la Dubarry occupent, pour moi, tout le règne
de Louis XV.

Je sais qu'on appelait la reine Marie-Antoinette l'Autrichienne,
que le peuple de Paris prit la Bastille le 14 juillet 1789, que les
armées de la République rossèrent d'importance les rois de la
coalition, que les armées de l'empereur Napoléon Ier entrèrent
dans toutes les capitales de l'Europe; que les Bourbons, venus
à la suite de l'ennemi, nous enlevèrent le drapeau tricolore pour
nous rendre le drapeau blanc; que Louis XVIII était un philo-

sophe, et son frère, Charles X, un ex-débauché qui s'était fait
cagot, sur ses vieux jours.

Voilà tout le bagage historique de Lisette...

Mais elle est beaucoup plus forte sur les origines du *Caveau*,
que Béranger lui raconta, à l'époque où il fut admis parmi les
membres de cette société chantante.

Il y avait au carrefour de Buci, en 1729, un fameux traiteur
nommé Landelle, dont l'établissement culinaire avait pour enseigne : LE CAVEAU.

Un jour de carnaval, que Piron, Collé, Crébillon et quelques
autres auteurs dînaient chez le traiteur Landille, ils eurent la
lumineuse idée, entre deux verres de champagne, de fonder un
dîner mensuel, et d'y faire assaut d'esprit, de joyeux couplets et
de gourmandise.

Séance tenante on rédigea un règlement dont voici l'article
principal :

« Tout membre de la société dont les bons mots où les couplets auront reçu l'approbation des convives devra vider, à leur
santé, séance tenante, une bouteille de champagne ou de bourgogne, *ad libitum*.

« Si le trait d'esprit ou le couplet n'est pas jugé de bon aloi,
il avalera sur l'heure une grande carafe d'eau claire ! »

Cette première société du Caveau dura de 1729 à 1739.

Vingt ans plus tard, en 1759, une nouvelle Société du Caveau
se forma, sous les auspices d'un gastronome, ami de la dive
bouteille, le fermier général Pelletier.

Elle se dispersa au bout de quelques années, le riche fermier
général qui en faisait les frais étant devenu fou.

En 1796, les auteurs du Vaudeville créent la troisième Société
du Caveau. On comptait parmi ses membres : Barré, Radet,
Desfontaines, Piis, Rosière, Chambon, Emmanuel Dupaty,
Armand Gouffé, Billoux, dont j'ai déjà parlé, à propos du *Moulin de beurre*.

Le règlement de la société fut rédigé tout en couplets, et, à
chaque repas mensuel, les convives devaient apporter et chanter

une chanson sur un mot tiré au sort, dans le banquet précédent.

En l'an x, nouvelle éclipse du Caveau. Mais en 1806, il se reconstitue, et devient le *Caveau moderne*, avec Désaugiers, Brazier, Piis, Philippe de la Madeleine, Dupaty, Billoux, Ducray-Duménil, Cadet-Gassicourt, et Grimod de La Reynière, l'auteur du célèbre *Almanach des gourmands*.

Les dîners du Caveau moderne, véritable académie du plaisir avaient lieu le 20 de chaque mois au *Rocher de Cancale*, rue Montorgueil, tenu par le restaurateur Baleine.

Le *Rocher de Cancale* a disparu, il y a quelques années, comme ont disparu quelques autres célèbres cabarets du bon vieux temps et du bon vieux Paris :

Le cabaret de la *Pomme de Pin*, rue Mouffetard, au coin de la rue Copeau, démoli en 1854 ; le cabaret du *Mouton blanc*, qui avait pris la suite de la *Bouteille d'Or*, célèbre au xviie siècle, et qui était situé sur la place du Cimetière Saint-Jean ; le cabaret de la *Croix blanche*, dans cette rue de la vieille Lanterne, où le pauvre Gérard de Nerval se pendit, en 1856.

Mais revenons au *Caveau moderne*.

Les chansons apportées à chaque dîner mensuel étaient réunies et publiées, au bout de l'année, en un volume, qui se répandait bientôt non-seulement en France, mais à l'étranger, grâce aux nombreuses sociétés chantantes affiliées au Caveau et en correspondance avec lui.

Ce fut dans ce recueil que Désaugiers donna ses meilleures chansons : *la Vestale, Monsieur et Madame Denis* ; ce fut aussi dans ce recueil que Béranger publia *les Gueux, la Bacchante, la Gaudriole, la Grand'Mère, le Mort-Vivant, le Petit Homme gris, la Bonne fille*.

Un jour Désaugiers arrive chez nous ; c'était en 1809, autant qu'il m'en souvienne.

— Mon chez ami, dit-il à Béranger, vous vivez comme un vrai loup-garou.

— Ce qui veut dire, mon cher Désaugiers ?

— Que vous n'arriverez jamais à la renommée.

— Je n'y tiens pas.

— Alors pourquoi faites-vous des chansons ?

— Mais... pour faire des chansons, apparemment... comme l'abeille fait son miel, comme le rossignol fait ses roulades.

— Très-bien ; mais on mange le miel de l'abeille, et les amants vont dans les bois entendre le chant du rossignol... Il faut vous faire recevoir au *Caveau ;* vous y chanterez vos chansons ; je vous prédis le plus grand succès.

— Me faire recevoir au *Caveau !* y pensez-vous ! c'est une société de gourmands et de gais buveurs.

— Eh bien ?

— Eh bien, vous savez que je mouille toujours mon vin, et que je ne mange jamais que du bœuf au naturel. Vos amis se moqueraient de moi. Il y a là de quoi me déshonorer à leurs yeux. Je chante Comus et Bacchus, c'est vrai, mais je ne pratique guère leur culte...

— Vous chantez aussi l'amour... Est-ce que ?...

— Demandez à Lisette, fit Béranger en riant.

— Vous boirez de l'eau, s'écria Désaugiers, vous mangerez votre insipide bœuf au naturel... vous mangerez même des racines et des sauterelles, si cela vous convient, comme les anciens anachorètes ; le chef du *Rocher de Cancale* vous servira, si vous l'exigez, le brouet noir des Lacédémoniens... mais vous vous ferez recevoir au Caveau. C'est dit, je cours prévenir Armand Gouffé : lui et moi nous serons vos parrains.

Et Désaugiers partit, sans vouloir en entendre davantage.

Au dîner du mois suivant, Béranger fut reçu membre du Caveau : les convives étaient au grand complet. Billoux fut chargé du discours de réception et prit pour sujet : « Le culte que de tout temps les poètes et même quelques savants ont rendu au dieu du vin et au dieu de la table. »

« Messieurs, dit Billoux, le vin est le grand Pégase, le grand cheval des poètes. S'ils n'ont bien bu, s'ils ne sont pas montés sur leur grand cheval, mais seulement sur quelque bidet ou pis encore,

Béranger au lit de mort de Chateaubriand.

ils ne peuvent faire que ce qu'Horace appelle des *discours à pied*, ils restent terre à terre.

« Vous en faut-il des exemples? Je n'ai que l'embarras du choix.

« Le penchant d'Homère pour le vin paraît dans les fréquents éloges qu'il fait du jus de la treille ; il l'appelle la divine liqueur !

« Anacréon n'aimait pas seulement l'amour, il aimait aussi la bouteille ; Athènes lui avait élevé une statue, où il était représenté ivre et chantant.

« Eschyle ne composait ses tragédies que le verre à la main, parce que, disait-il, la fumée du vin met les esprits en mouvement et réveille l'imagination.

« Le poète Properce se mit sous la protection spéciale de Bacchus :

> « Je consacre à Bacchus le reste de ma vie ;
> « Ma cave désormais est mon sacré vallon ;
>   « Oui, Bacchus, si je versifie,
>   « Tu seras mon seul Apollon !

J'en passe, et des meilleurs ; arrivons aux temps modernes :

Le cabaret de la *Pomme de Pin* a conservé le souvenir de Rabelais, le joyeux curé de Meudon, qui y faisait de si longues assises avec Clément Marot. Celui de la *Croix Blanche* vit s'enivrer de compagnie Chapelle et Bachaumont. Au cabaret du *Mouton Blanc* se réunissaient le verre en main, près de vénérables flacons, Boileau, Furetière, La Fontaine ; et Racine y composa une grande partie de ses *Plaideurs*.

« Je conclus, Messieurs : Tant et de si beaux exemples nous prouvent surabondamment que pour faire de bons vers, il faut boire de bon vin. »

Et se tournant vers le récipiendaire, dont le verre était vide, il s'écria :

« Que notre nouveau confrère se pénètre bien de cette vérité, s'il veut que nous applaudissions ses chansons. »

Armand Gouffé versa à Béranger une pleine coupe de chambertin, que mon ami avala d'un trait, en fermant les yeux... et vers minuit je le vis rentrer excessivement gai, quoique avec un grand mal de tête.

Au dîner du mois suivant, Béranger apporta au Caveau sa chanson du *Sénateur,* qui eut un immense succès :

Mon épouse fait ma gloire,
Rose a de si jolis yeux !
Je lui dois, on peut m'en croire,
Un ami bien précieux.
Le jour où j'obtins sa foi,
Un sénateur vient chez moi.

Quel honneur !
Quel bonheur !
Ah ! monsieur le Sénateur,
Je suis votre humble serviteur.

Chez moi qu'un temps effroyable
Me retienne après dîner,
Il me dit d'un ton aimable :
« Allez donc vous promener,
« Mon cher ne vous gênez pas ;
« Mon équipage est en bas. »
Quel honneur! etc.

Certain soir à la campagne
Il nous mena par hasard ;
Il m'enivra de champagne,
Et Rose fit lit à part.
Mais de la maison, ma foi,
Le plus beau lit fut pour moi !
Quel honneur ! etc.

A table il aime qu'on rie ;
Mais parfois je suis trop vert.
J'ai poussé la raillerie
Jusqu'à lui dire au dessert :
On croit, j'en suis convaincu,
Que vous me faites c.....
Quel honneur !
Quel bonheur !
Ah ! monsieur le Sénateur,
Je suis votre humble serviteur.

Malgré le *Sénateur* et le *Roi d' Yvetot*, qui fut chanté aussi par Béranger, la salle du Caveau moderne ne fut pas fermée par la police impériale, comme le fut, sous la Restauration, la guinguette du Moulin de Beurre.

CHAPITRE XXI.

Se souvenir, c'est vivre ! — Les petits détenus de la Force. — Ce que Béranger fit
pour ces pauvres enfants. — La Fosse aux lions. — Lacenaire. — Trente
francs de rente pour du tabac. — La marchande d'allumettes du Boulevard du
Temple. — Bien sûr que ce monsieur est de la police. — L'aveugle du Pont-
des-Arts. — Vingt francs pour une pièce de deux sous ! — La dernière bonne
action du chansonnier.

J'ai la plume bavarde, surtout quand elle entame un pareil
sujet : le passé, les fraîches et lointaines années.

Pour les vieilles gens, se souvenir, c'est vivre, et, pour moi,
c'est à la fois vivre et aimer, que de repasser, en imagination,
par les petits sentiers où je retrouve la trace des pas de mon
glorieux et charmant compagnon.

Ah ! laissez-moi encore consacrer quelques pages à ces
échos qui résonnent si doucement dans mon cœur !

Laissez-moi vous parler encore un peu du chansonnier,
dans tout l'éclat de sa floraison, avant de vous ramener
dans le triste logis où nous l'avons laissé, et d'où il ne sortira
plus que pour entrer dans l'éternité.

Tenez, voici qui vaut encore mieux que ses chansons, et que
les traits brillants, les gaies créations de son esprit ; ce sont les
témoignages de son bon cœur, de son âme compatissante à
toutes les misères.

J'ai dit ce qu'il avait fait pour Rouget de l'Isle, le poète de
la *Marseillaise*, le Tyrtée de la Révolution.

Lorsqu'à la suite de sa seconde condamnation, il fut écroué à
la Force, pour y faire ses neuf mois de détention, cette
prison contenait un certain nombre de jeunes détenus.

A son arrivée, et pendant qu'à la geôle on procédait à la

formalité de l'*écrou*, il alla s'asseoir sur un banc de pierre, où il ne tarda pas à être entouré d'une foule de petits détenus, dont le plus âgé avait à peine douze ans.

Et voici ce que raconte un de ses biographes, le poète Savinien Lapointe, qui détenu lui-même à la Force pour délits de presse quelques années plus tard, recueillit ces faits de la bouche d'un gardien.

Un personnage en gros favoris, les manches retroussées, apporta la soupe et les légumes dans deux espèces de seaux en fer blanc. Les enfants coururent chercher leurs gamelles, en criant : « A la soupe ! à la soupe ! »

Et tour à tour, dans le plus grand ordre, chacun d'eux reçut sa ration, qu'il allait manger dans un coin de la cour.

Manger, non, mais bien dévorer ; et ce qui ajoutait à la tristesse du tableau, c'est que ces pauvres enfants mangeaient privés de cuillers et de fourchettes ; ils mangeaient comme de pauvres petits chiens, à même leur écuelle.

Béranger demanda au gardien quels étaient ces enfants, et leurs crimes.

— Ce sont, répondit le gardien d'une voix dure, des vagabonds, de petits gouapeurs, comme on dit ici ; leur crime, c'est d'avoir été ramassés, dormant au coin des bornes, et d'être abandonnés de leurs parents, que la prison débarrasse.

Béranger se leva, leur dit quelques bonnes paroles, leur donna quelque argent, et ces enfants regardaient avec de grands yeux étonnés ce monsieur singulier qui leur témoignait de l'intérêt, qui leur donnait des caresses, des consolations et de gros sous.

— Bien sûr, dit l'un d'eux à voix basse, c'est le roi qui vient visiter les prisonniers sans qu'on le sache !

A peine installé dans sa cellule, Béranger reçut la visite du directeur de la Force, M. Valette.

Le prisonnier profita de cette entrevue pour témoigner au directeur son étonnement de ce que l'on faisait manger des enfants à même une écuelle, comme des bêtes.

M. Valette, qui était un brave homme, répondit à Béranger

qu'il ne demanderait pas mieux que d'améliorer le régime des petits détenus ; mais que le budget de la prison s'y opposait et que le préfet ne voulait pas entendre parler d'une augmentation des dépenses.

— Eh bien ! s'écria Béranger, je les ferai, moi, ces frais.

Quand le préfet sut l'intérêt que le chansonnier portait à ces enfants, il ordonna immédiatement qu'à l'avenir ils auraient des cuillers, des fourchettes et des couteaux. Béranger ne s'arrêta pas à cette réforme, et il n'y avait pas de jour qu'il ne leur fît faire quelque distribution, mettant à contribution, quand sa bourse était épuisée, celle des amis qui venaient le visiter.

Il quêtait pour « ses petits enfants ! »

Il aurait voulu que ces distributions de vivres, de bas de laine, de sabots, leur fussent faites par des femmes, afin, disait-il, d'attendir leurs jeunes âmes, de faire glisser dans leur cœur quelque chose qui fût comme un rayon de l'amour maternel.

« J'ai connu dans cette prison, dit M. Savinien Lapointe, un gardien nommé Blanchard, qui avait encore présentes à la mémoire, les bonnes actions de M. Béranger. Il m'apprit que le chansonnier allait d'une cour à l'autre, parcourant tantôt la Dette, tantôt la cour de la Madeleine, ou celle du Bâtiment neuf, nommée la Fosse aux lions, à cause des bandits qui l'habitent.

« Alors, il était assailli ; les uns lui demandaient pour avoir du tabac, les autres du pain, d'autres sa protection ; et il leur donnait à tous, vivres, vins, liqueurs, dont du reste il regorgeait. et tous répétaient qu'on les avait arrêtés injustement, qu'ils n'étaient pas coupables.

« A quoi Béranger répondait en riant. avec bonhomie :

« — Oui, mes enfants, oui, je le vois bien, on m'a jeté, moi coupable, dans le pays des innocents.

« Un jour, continua le gardien, un prisonnier en gants jaunes et en redingote noire lui adressa une chanson ; c'est moi qui la lui remis.

« — Et savez-vous quel était ce prisonnier ?

« — Oui, me répondit le gardien ; ce prisonnier était Lacenaire !

« Je rappelai un jour à Béranger cette circonstance.

« — C'est vrai, fit-il après un moment de réflexion ; je
parlai même de la chanson et de son auteur à M. Valette, qui
me répondit : « Ce Lacenaire n'est ici que pour une peccadille ;
mais il reviendra tôt ou tard : c'est le scélérat le plus dangereux
de la prison ! »

Béranger trouvait moyen, malgré la modicité de ses revenus,
d'avoir un certain nombre de petits pensionnaires.

Une pauvre vieille femme allait entrer à l'hospice des Incurables, grâce à sa recommandation. Là, elle aura le logement,
la nourriture, des soins... mais il lui faudrait un sou par jour
pour son tabac. On en parle à Béranger, et il écrit immédiatement à la fille de cette pauvre femme :

« Malgré les douze cents francs que j'ai jetés cette année
dans le pot à tisane (1844), ce qui m'empêchera encore longtemps de pouvoir être utile à mes amis et connaissances, j'ai
assez de fonds pour les petites dépenses urgentes. Comptez donc
sur moi pour trente francs de rentes à votre vieille mère. »

Sa bienfaisance lui valait parfois de singuliers témoignages
de reconnaissance.

Une marchande d'allumettes en plein vent se tenait d'habitude sur le boulevard du Temple, en face du Château-d'Eau, près
du passage Vendôme.

Les allumettes n'étaient qu'un prétexte ; cette femme vieille et
infirme, mendiait, et chaque fois que Béranger passait par là, il
lui donnait une pièce de deux sous, sans prendre, cela va sans
dire, le paquet d'allumettes qu'elle lui offrait.

Un jour d'hiver, en approchant du passage Vendôme, Béranger voit un rassemblement.

Il s'avance : la vieille mendiante gisait à terre évanouie,
mourant de froid, peut-être d'inanition, au milieu d'une foule
qui ne songeait pas à la secourir.

Le chansonnier reconnut sa marchande d'allumettes ; il
accoste un sergent de ville, lui parle tout bas et s'éloigne :

Assis dans son grand fauteuil au milieu de la chambre.

Le sergent de ville appelle un de ses camarades, fait transporter la mendiante au poste le plus voisin où on lui fait
prendre un cordial, et de là dans un hospice, d'où elle sort au
bout de quelques jours, en bonne santé.

Elle reprend sa place sur le Boulevard du Temple, et Béranger passant par là, met comme d'habitude deux sous dans sa sébile.

— Ah! le brave homme! s'écrie-t-elle, tandis que Béranger s'éloigne.

— Vous le connaissez, ce monsieur, lui demande une autre mendiante.

— De vue seulement; je ne sais pas son nom, répond-elle; mais ce doit être quelqu'un de bien comme il faut. Figurez-vous qu'un jour que je tombai malade sur le pavé, ici même, il a parlé tout bas à un sergent de ville, qui m'a emmenée à l'hôpital, où j'ai été traitée comme une grande dame, et quand je suis sortie, on m'a remis vingt francs... *Bien sûr que ce bon monsieur est de la police!*

Il y a encore le pauvre du Pont-des-Arts, celui-là, bien plus délicat, dans sa reconnaissance, que la marchande d'allumettes du Château-d'Eau; un pauvre qui avait de la littérature, qui connaissait les gloires et les célébrités de son pays.

Un matin que Béranger se rendait à l'Institut pour je ne sais quel motif, il jette ses deux sous dans le chapeau de l'aveugle.

Un monsieur qui le suivait de près, arrive auprès du pauvre homme et lui dit, avec un accent britannique :

— Voulez-vous me vendre la pièce de deux sous qu'un passant vient de vous jeter, et qui est encore là au fond de votre chapeau. Je vous en donne un louis d'or.

— Vous achetez vingt francs des pièces de deux sous, vous, fit le mendiant avec méfiance : ça n'est pas clair; vous voulez vous moquer de moi ou me voler!

— Mon brave homme, ces deux sous vous ont été donnés par Béranger; je suis un de ses admirateurs... vous comprenez maintenant...

— Qui ça, Béranger?... Le chansonnier du peuple?...

— Oui, le grand chansonnier...

— Oh bien, alors, passez votre chemin, mon bon monsieur, s'écrie l'aveugle en saisissant la pièce de deux sous au fond du

chapeau et la mettant dans sa poche... Deux sous de Béranger...
Je ne vous les donnerais pas pour quarante francs !

Ah ! ils avaient bien raison de l'aimer, tous ces pauvres
gens, les petits, les souffrants, les malheureux, car sa bonté,
sa tendresse pour eux était inépuisable.

N'est-ce pas lui, encore, qui, dans une de ses dernières nuits
de souffrance, brisé par la maladie, écrivit cette lettre, où sa
belle âme se révèle tout entière pour plaider la cause d'un modeste ouvrier, père de famille, menacé de perdre le pain de sa
famille :

« Mon cher monsieur Emile,

« Tout malade que je suis, depuis trois mois, je me relève à
deux heures du matin, parce que je veux vous mettre le pistolet
sur la gorge.

« Un très-honnête homme de trente-deux ans, ayant femme
et quatre enfants, dans un mouvement de vivacité, a encouru la
disgrâce de son chef, qui s'est repenti sur-le-champ d'avoir
renvoyé***. Ledit*** a rempli pendant huit mois les fonctions
d'aide d'équipe, gare Saint-Lazare, chemin de fer de l'Ouest : je
crois qu'il y a deux mois de cela. Ce malheureux et sa pauvre
famille vont mourir de faim. Il est propre à remplir et à répondre plusieurs emplois de votre administration.

« Mon cher monsieur Emile, replacez le pauvre homme dans
votre administration ; sauvez la vie à six personnes.

« Malgré la fièvre, je quitte le lit pour vous en supplier.

« Je vous répète qu'il a passé dans votre administration par
diverses fonctions qui attestent qu'il est bon à quelque chose.
*** est grand et fort : je suis sûr que le chef supérieur qui l'a
frappé en a été lui-même aux regrets. Replacez-le donc, je vous
en supplie. S'il faut attendre, envoyez-moi au moins une petite
somme, que je lui distribuerai pour lui faciliter l'attente.

« Vous voyez que j'agis avec vous comme un homme qui
vous connaît de longue date.

« Tout cela presse. ⁂ perd la tête ; ses enfants meurent de faim, et tout riche que vous voilà, vous ne serez jamais de ceux qui demeurent insensibles à de pareils cris.

« Je vais me recoucher un peu plus tranquille !!! »

CHAPITRE XXII.

Juillet 1857. — Mort de mademoiselle Judith Frère. — J'apprends que Béranger
s'est alité. — Je viens m'installer près de sa maison. — Le mal empire. —
Tout espoir est perdu. — L'agonie, pendant un orage. — Lisette pleurant à
la porte de la chambre mortuaire. — Intervention du gouvernement à la nouvelle de la mort de Béranger. — Une affiche du préfet de police. — Les funérailles officielles substituées aux funérailles populaires. — Les pressentiments
de Béranger. — Sa dernière chanson : *La mort et la police.* — Le musée de
la piété filiale. — Mademoiselle Sophie de Béranger, religieuse au couvent
des Oiseaux. — Sa visite à son frère mourant, avec la permission de l'archevêque de Paris. — Une âme à sauver.

Nous sommes en juillet 1857.

Il y a trois mois que mademoiselle Judith Frère est morte.

Le pauvre Béranger, on le comprend du reste, avait été fort
affecté par la perte de cette amie.

Il n'était guère plus que l'ombre de lui-même, et les rares
personnes admises encore dans l'intimité du vieillard, dans son
triste appartement de la rue Vendôme, ne trouvaient plus rien
chez lui qui rappelât, je ne dirai pas le gai chansonnier — le
gai chansonnier n'existait plus depuis sa séparation d'avec
Lisette — mais le poète qui avait peu à peu élevé la chanson
jusqu'à la hauteur de la grande poésie lyrique.

Béranger avait soixante-dix-sept ans !

Le 4 juillet 1857 le bruit se répandit tout à coup dans Paris
qu'il venait de s'aliter, et que la maladie prenait un caractère
de gravité dont ses amis se montraient alarmés.

Cette nouvelle, que j'appris une des premières, me frappa de
stupeur.

J'ai déjà dit que je m'étais retirée dans le quartier du Marais,
à l'époque où Béranger habitait encore Passy.

Je n'étais pas bien éloignée de la rue Vendôme ; mais je ne quittai pas moins ma modeste chambre, pour aller en louer une toute meublée dans une maison contiguë à celle du malade.

M. Perrotin, M. et Mme Antier et Mme Vernet s'étaient installés auprès de lui, éloignant tous les visiteurs. Je ne pouvais espérer de le revoir encore une fois ; mais j'éprouvais une amère consolation à me sentir plus près de lui.

La maladie fit des progrès d'une effrayante rapidité.

Ici encore je suis forcée de recourir à d'autres souvenirs que les miens. Un jeune écrivain, admirateur passionné de Béranger, et qui ne le quitta presque pas une minute à ses derniers moments, M. Paul Boiteau, m'a raconté et a écrit, depuis, dans un livre consacré à la mémoire du grand chansonnier, les heures suprêmes d'une longue agonie.

Béranger, dit-il, s'était trouvé un peu mieux, le 15 juillet, vers midi ; il avait reconnu ses amis, il avait même prononcé quelques mots ; il avait retrouvé un souffle de gaîté douce ; il avait souri, quand le médecin, en lui tâtant le pouls, lui parlait de la foule accourue autour de sa maison, de cette foule dont le flot assiégeait sans relâche l'escalier et qui se retirait avec tant de peine.

Le soleil était au plus haut point de sa course, il jetait un jour brillant sur les fenêtres.

Comme Gœthe à son lit de mort, Béranger fit signe pour qu'on ouvrît les persiennes et appela la lumière d'un œil avide.

Il ne se croyait pas frappé sans espérance ; il murmura : « Un mois, un mois et demi, » quand le médecin lui dit qu'il fallait attendre patiemment une guérison, hélas ! impossible.

Le matin, M. Miquet l'avait trouvé pesamment endormi, la tête soutenue par une bandelette attachée au fauteuil.

Quelques instants après Manin entra ; mais Béranger, qui s'éveillait dans la stupeur, ne le reconnut pas, et ne put dire un mot au grand citoyen de l'Italie, qui pleurait.

La nuit fut douloureuse. Le docteur Lassègue, ami de la maison, avait veillé le malade.

Le 16, dès le matin, la chaleur devint grande. Un orage chargeait les airs. Dans la cour, encombrée de monde, un pressentiment funèbre était déjà descendu ; tous les visages disaient que la douleur publique n'avait plus même une ombre d'espoir.

Le docteur Trousseau venait de déclarer que le pouls se perdait et que l'heure dernière ne tarderait plus.

Au haut de l'escalier, des voix étouffées s'entendaient à peine. Le vent pénétrait dans les corridors et dans l'appartement. Les portes ouvertes, les volets fermés, tremblaient dans l'ombre ; il n'y avait, dans la chambre même de Béranger, que les amis intimes : M. et Mme Antier, M. Perrotin, M. et Mme Vernet, la fille de madame Liné, M. Thomas, le payeur central du ministère des Finances ; M. Lebrun, de l'Académie française ; M. Paul Boiteau et les deux servantes qu'on avait mises auprès de lui depuis sa maladie.

On attendait l'orage et le trépas.

Assis dans son grand fauteuil, au milieu de la chambre, le dos tourné aux fenêtres, la tête penchée à sa droite, Béranger était là, comme une proie pour la mort. Ses jambes, recouvertes d'un drap, faisaient effort pour se dégager des souffrances ; sa respiration était haletante ; ses lèvres à demi closes ne laissaient sortir de sa bouche que de vaines paroles ; son front était mouillé d'une sueur douloureuse ; ses mains n'avaient plus qu'un geste sans signification ; son œil obscurci luttait contre la nuit tombée subitement du ciel, et semblait chercher avec inquiétude des visages amis.

Pas une plainte, sur ce visage qu'une si vive intelligence avait animé si longtemps !

Le tonnerre retentit, la pluie tombe à flots ; les éclairs, traversant les hauts arbres du jardin, pénètrent dans la chambre silencieuse. Béranger respire avec un peu plus de liberté. Les signes de la croix que fait à chaque coups de foudre l'une des bonnes, agenouillée devant lui, ne l'étonnent pas ; il n'a pas l'air de s'apercevoir de l'orage ; il appuie sa tête sur sa main droite et regarde vaguement ceux qui l'entourent.

L'air rafraîchi lui donne une apparence de réveil qui ralentit mélancoliquement le désespoir de ceux qui l'entourent. Béranger allait mourir avant le coucher du soleil...

Il regardait de temps en temps ses amis d'un œil fixe et doux ; on le faisait boire ; on lui mettait sur les lèvres de la glace, sa dernière nourriture ; on approchait encore une fois de sa main sa tabatière de platine qu'il aimait tant, et ses doigts se sont rappelé, une fois encore, un geste accoutumé.

Mais il n'y avait plus de volonté suivie dans ses regards et dans ses mouvements. On l'embrassait alors, et lui tenant la main, sa main inerte, on pleurait derrière son fauteuil.

« Vers deux heures, dit en terminant M. Paul Boiteau, l'agonie fit sentir ses étreintes ; elles furent cruelles. Béranger a beaucoup souffert avant de mourir. M. Lebrun, épuisé d'inquiétude, venait de se retirer dans la chambre voisine. Peu d'instants auparavant MM. Thiers, Mignet et Cousin avaient vu, pour la dernière fois, leur ami.... Béranger est mort à quatre heures trente-cinq minutes... L'un des médecins comptait les dernières pulsations ; le pouls s'arrêta : tout était fini. »

A ce funèbre tableau, tracé par une main pieuse, qu'il me soit permis d'ajouter quelque chose.

Une heure avant de mourir, Béranger disait :

— Je souffre bien, mes enfants ; mais il en est d'autres qui souffrent plus que moi !

Dans les affres de l'agonie, il balbutiait ces paroles :

— La charité... la charité... Les pauvres... Les petits enfants... Que tout le monde soit heureux !

Et il n'avait plus qu'un souffle, qu'on l'entendit encore murmurer .

— Mon Dieu !... Inspirez aux hommes réunis l'amour du bon, l'amour du beau... Faire le bien... Vivre pour les autres..... Mourir heureux.....

A l'instant où de ses lèvres s'échappait le dernier soupir, une hirondelle vint tomber à ses pieds... Elle était morte, la chanteuse ailée, morte en même temps que le chansonnier populaire, et que la chanson.

Tout Paris fut consterné.

A la nouvelle de cette grande perte, la France eut un étonnement douloureux.

Paris fut atterré, et le soir, à chaque foyer riche ou pauvre,
on n'eut pas un autre sujet d'entretien.

Pour moi, je m'étais glissée dans le corridor de la maison
mortuaire, sans être aperçue de personne, et gravissant les

trois étages, je me tenais immobile à la porte de la chambre où ne gisait plus que l'enveloppe mortelle du grand poète.

Quel silence !... La mort semblait remplir cette maison.

Mme Antier et Mme Vernet, qui n'avaient pas quitté le malade depuis plus d'une semaine, le veillant nuit et jour, prenaient quelques instants de repos, après le fatal dénouement.

Et moi, chancelante, m'appuyant dans l'ombre, contre le mur froid, pour ne pas tomber, je pleurai.....

En même temps que le joyeux compagnon de mes jeunes années, disparaissaient les heures d'amour que nous avions entendu sonner ensemble.

Désormais, sur ce passé étincelant de verve, d'esprit, de joyeuse humeur, de fantaisie, s'étendait le voile sombre de la mort.

Les radieuses couleurs de notre printemps, les splendides aurores de notre jeunesse, toutes les fleurs que nous avions éparpillées ensemble et jetées à pleines mains sur la grande route et dans tous les chemins de traverse de la vie : tout cela disparaissait sous un vaste crêpe, comme un paysage éblouissant qu'un brouillard des soirées d'automne enveloppe et fait sombrer sous ses vagues amoncelées.

Je pleurai longtemps. . . . .
. . . .

Il était dit que ces honneurs officiels, ces ovations solennelles que Béranger, de son vivant, avait repoussés si souvent avec un judicieux effroi, il les subirait mort.

Le corps de l'illustre défunt était à peine refroidi, qu'un personnage aux allures obséquieuses, se présentait à M. Perrotin.

Ce personnage était envoyé par le ministre d'Etat.

Son Excellence faisait savoir que le gouvernement se chargeait des funérailles.

— C'était, disait-il, un témoignage public de l'estime du souverain et de la reconnaissance de la France, pour le chansonnier national, qui avait célébré avec un lyrisme si pur et une popularité si grande, « les gloires impériales. »

Mais ce que le ministre ne disait pas, et ce qui était plus

vrai, c'est que le gouvernement craignait une manifestation populaire sur la tombe de celui qui, avant les gloires napoléoniennes avait surtout chanté « les libertés du peuple. »

Alors, M. Perrotin, exécuteur testamentaire, fit remettre au ministre d'Etat copie d'une lettre écrite quelque temps avant sa mort par Béranger, et dans laquelle il exprimait formellement le vœu que ses funérailles « pussent répondre par leur simpli- « cité aux habitudes de toute sa vie. »

Cette lettre contenant la dernière volonté de Béranger, et au moyen de laquelle on espérait soustraire sa dépouille mortelle aux honneurs officiels, fut au contraire un prétexte dont le gouvernement s'empara, pour exécuter le projet qu'il avait conçu de faire de ses obsèques une solennité exclusivement officielle.

Dans la nuit même qui suivit le décès, prévoyant, à l'émotion générale qui s'était manifestée chez la population parisienne, qu'un immense concours de citoyens accompagnerait jusqu'à sa dernière demeure le cercueil du poète cher à la France, et que cette manifestation rendrait aux funérailles du chantre de la démocratie leur véritable caractère, la police fit placarder sur tous les murs l'affiche suivante :

PRÉFECTURE DE POLICE

Avis

OBSÈQUES DE BÉRANGER.

» La France vient de perdre son poète national.

» Le gouvernement de l'Empereur a voulu que les honneurs publics fussent rendus à Béranger.

» Ce pieux hommage était dû au poète, dont les chants consacrés au culte de la patrie, ont aidé à perpétuer dans le cœur du peuple le souvenir des gloires impériales.

» J'apprends que des hommes de parti ne voient dans cette triste solennité qu'une occasion de renouveler des désordres qui, dans d'autres temps, ont signalé de semblables cérémonies.

» Le gouvernement ne souffrira pas qu'une manifestation tumultueuse se substitue au deuil respectueux et patriotique qui doit présider aux funérailles de Béranger.

» D'un autre côté, la volonté du défunt s'est manifestée par ces touchantes paroles :

« Quant à mes obsèques, si vous pouvez éviter le bruit public,
» faites-le, je vous prie, mon cher Perrotin. J'ai horreur, pour
» les amis que je perds, du bruit de la foule et des discours à
» leur enterrement. — Si le mien peut se faire sans bruit, ce
» sera un de mes vœux accomplis. »

» Il a donc été résolu, de concert avec l'exécuteur testamentaire, que le cortége funèbre se composera exclusivement des députations officielles et des personnes munies de lettres de convocation.

» J'invite la population à se conformer à ces prescriptions.

» Des mesures seront prises pour que la volonté du gouvernement et celle du défunt soient rigoureusement et religieusement respectées.

» Paris, 16 juillet 1857.

> » *Le sénateur, préfet de pólice,*

> » PIÉTRI. »

Béranger, quatre ans auparavant, avait eu le pressentiment de cette intervention de la police à ses funérailles, et sa *dernière chanson* (elle n'a pas été publiée dans ses œuvres posthumes) est consacrée à ce funèbre sujet.

Au commencement de 1853, le bruit de sa mort s'était si généralement répandu, qu'il lui avait valu une foule de visites.

Dans la classe ouvrière, on prétendait que défense avait été faite aux journaux de parler de sa mort, de peur d'un trop grand concours à son convoi.

Ce fut alors qu'il composa les couplets suivants que l'on trouva dans ses papiers.

LA MORT ET LA POLICE

De par le préfet de police
Qui vous sait à l'extrémité,
Moi, monsieur, délégué d'office,
Je viens vous remettre en santé.
A table, et vive la gaîté !
Que vos docteurs, d'ici, fassent retraite :
Pour eux toujours la mort prend ses ébats.
Or, de mourir défense vous est faite :
Obéissez, monsieur, ne mourez pas !

Vous mort, il faut qu'on vous enterre.
Que de gens viendront au convoi !
Pleureurs de mauvais caractère,
Prêts à tout mettre en désarroi.
Nous savons comment tombe un roi.
Voulez-vous donc que le char de l'Empire
Sur votre fosse aille faire un faux pas ?
Bien que ce mot vous arrache un sourire,
Obéissez, monsieur, ne mourez pas !

Vivez ! A la cour vont éclore
Grandeur, clémence et loyauté.
Grâce à l'argent qui sert de chlore,
Nous amputons la liberté,
Déesse au parlage effronté.
Presse et tribune existent pour mémoire;
Avoir raison n'est plus un embarras;
Ne sachant rien, le peuple va tout croire.
Obéissez, monsieur, ne mourez pas !

Mais votre nom, avant l'année,
Doit de plus en plus s'amoindrir;
Sous votre couronne fanée,
Sans risque pour nous à courir,
Oui bientôt vous pourrez mourir.
Alors, sans bruit, sans discours, sans service,
Un char décent vous conduira là-bas !
En attendant, aux ordres de police
Obéissez, monsieur, ne mourez pas !

Cependant, M. Perrotin avait demandé aux autorités compétentes et obtenu l'autorisation de faire faire un moulage des traits de Béranger expiré.

Un praticien habile se chargea de ce soin.

Un peu plus tard, lorsque M. Perrotin se fut rendu acquéreur, aux enchères, de tous les objets mobiliers qui garnissaient la chambre où était mort le chansonnier, il les réunit dans son habitation de Châtillon, avec le buste exécuté d'après le moulage : véritable musée de la piété filiale et de l'affectueuse admiration que Béranger avait inspirée à tous ceux qui l'avaient approché.

Dans une aile de cette habitation l'ami et l'éditeur de Béranger fit construire une chambre exactement semblable à la petite et modeste chambre de la rue Vendôme.

L'ameublement fut le même, le papier de tenture pareil ; l'arrangement des objets qui avaient appartenu à Béranger avait été religieusement suivi.

Il y avait, à leur place habituelle, le fauteuil dans lequel l'illustre chansonnier avait rendu le dernier soupir ; la couchette en fer, le vieux secrétaire d'acajou rouge ; la table, et sur cette table le buvard usé, déchiré, couvert de croquis à la plume, de bouts rimés, d'annotations, d'adresses.

C'était la reproduction la plus complète qu'il soit possible d'imaginer, des lieux et de l'ameublement au milieu desquels une de nos plus pures et de nos plus grandes gloires nationales s'était éteinte.

Quand un jour, M. Perrotin, dans sa bonté, me permit de visiter ce sanctuaire, j'éprouvais un serrement de cœur indicible.

Immobile, contemplant ces chères reliques, je prêtai involontairement l'oreille, écoutant si dans la chambre voisine je n'allais pas entendre la voix aimée et charmante de celui qui était parti.....

Il était parti, pour ne plus revenir.

Les souvenirs des jours de deuil affluèrent alors dans ma mémoire.

Je fermai les yeux, et je revis, comme dans un funèbre panorama cette foule attristée qui, pendant l'agonie, stationnait devant la maison de la rue Vendôme, demandant à tous ceux qu'elle voyait sortir, des nouvelles de celui qu'elle appelait son père.

Tout ce que Paris comptait d'illustre envoyait presque d'heure en heure prendre des nouvelles de l'état du glorieux vieillard.

De la fenêtre de ma chambre j'avais vu arriver bien des voitures armoriées; mais elles repartaient presque aussitôt, car on n'admettait personne dans la chambre du pauvre malade.

Une de ces visites cependant n'avait pu lui être évitée : celle de sa sœur, mademoiselle de Béranger.

Mademoiselle de Béranger était religieuse au couvent des Oiseaux, et Dieu sait le mal qu'elle avait dû dire de moi, à l'époque de son noviciat.

Inquiète sur « le salut » de son frère, elle avait demandé à l'archevêque de Paris l'autorisation de venir voir son frère, dans un but fraternel et pieux. Il s'agissait surtout d'une suprême et décisive tentative de conversion.

Sauver son âme!

L'archevêque accorda l'autorisation.

Alors mademoiselle de Béranger, accompagnée de la supérieure du couvent, se rendit chez le curé de Sainte-Elisabeth pour le prévenir de sa démarche.

Nous avions connu M. Jousselin à Passy.

Ce digne prêtre n'approuva pas la démarche de ces deux dames.

— Vous savez, répondit-il à la supérieure et à la religieuse, que j'ai été l'ami de M. Béranger, et je vous déclare que je n'ai jamais rencontré, dans ma vie, un plus honnête chrétien.

— Mais son âme?

— Oh! pour son âme, soyez tranquilles; toutes les portes du ciel lui seront ouvertes à deux battants.

Ces dames passèrent outre, et M. Perrotin ne put refuser à la sœur l'entrée de la chambre où agonisait le frère, quoiqu'il redoutât pour le malade les émotions de plus d'une sorte que devaient lui causer cette entrevue. .

On annonce donc à Béranger la visite de sa sœur.

— Ah! c'est vous ma sœur, fit-il; avez-vous au moins obtenu, pour venir me voir, la permission de monsieur le curé?

— J'ai celle de Monseigneur l'archevêque de Paris, répondit mademoiselle de Béranger.

— Ils vous l'a accordée sans hésiter?

— Comment hésiter quand une sœur demande à aller voir un frère malade!

— Ma chère Sophie, dit Béranger après un moment de silence, je suis très-touché de ce témoignage d'affection, et mes derniers moments auraient été pleins d'amertume, si ma sœur bien-aimée n'était pas venue s'asseoir un instant au chevet du moribond.

— Ah! pourquoi ces funèbres pronostics... Vous guéririez, mon frère.

— Je ne crois pas... et toutes mes dernières dispositions, toutes, entends-tu, ma chère Sophie, sont déjà prises.

Mademoiselle de Béranger comprit, et son entrevue avec son frère s'acheva, sans qu'elle eût fait la moindre allusion au but qu'elle s'était proposé.

Nous revenons aux funérailles officielles.

CHAPITRE XXIII.

Les funérailles. — Honneur à Béranger! — Une page consacrée par le
chantre d'Elvire au chansonnier de Lisette. — La tombe de Manuel reçoit les
dépouilles mortelles de Béranger. — Le Père-Lachaise.

Le gouvernement était sans doute pressé d'en finir avec
celui dont il prétendait honorer la mémoire.

Béranger avait rendu le dernier soupir le 16 juillet à quatre
heures trente-cinq minutes du soir.

Un ukase de la Préfecture de police fixa la levée du corps
au lendemain à midi.

Lors de la mort de mademoiselle Judith Frère, on avait
empêché Béranger d'accompagner sa vieille amie jusqu'au

cimetière. On craignait que la douleur ne fût trop forte et ne brisât la santé déjà compromise du chansonnier.

Je voulais, moi, accompagner, l'ami de ma jeunesse, celui qui m'avait honoré de son amour, jusqu'au lieu de l'éternelle séparation et de l'absolu repos.

Je m'enfermai dans ma chambre pour me revêtir de la toilette sombre des funèbres cérémonies.

J'entends tout à coup sous ma fenêtre la voix de la multitude qui se presse aux abords de la maison : ce bourdonnement formidable comme celui de l'Océan qui se dégage des foules.

Aussi loin que ma vue peut porter, j'aperçois un immense flux du peuple, venant de tous côtés.

Mais les précautions les plus minutieuses et les plus ombrageuses avaient été prises contre ce que la police appelait « le désordre », et que j'appelais, moi, la reconnaissance populaire.

Les sergents de ville, les officiers de paix, la garde municipale, tous les soldats de l'ordre public étaient sous les armes, comme à la veille d'une insurrection.

A midi précis, le cortége se mit en marche.

Le deuil était conduit par MM. Perrotin et B. Antier.

Dans huit voitures de deuil se trouvaient les amis intimes du poète.

Le convoi se dirigea vers l'église Sainte-Élisabeth.

Au moment où le cercueil fut introduit dans l'église, l'orgue fit entendre l'air des *Souvenirs du peuple :*

> On parlera de sa gloire
> Sous le chaume bien longtemps

Et de la foule énorme, que les gardes municipaux avaient peine à contenir, s'éleva le cri formidable :

— Honneur à Béranger !

Quand le char, disparaissant sous les couronnes, se remit en route pour le cimetière du Père-Lachaise, ce fut à travers les flots d'une mer humaine qu'il dut s'avancer.

Quelle douleur, sur tous ces visages ! que de larmes, dans tous ces yeux ! Il n'y a que la population parisienne pour savoir honorer ses morts ; ce jour-là elle se surpassa dans l'expression de son respect, de ses regrets...

Laissons parler un poète, pour raconter cette dernière journée d'un poète conduit par tout un peuple au champ de repos.

Lamartine va nous dire ce que furent les funérailles de Béranger.

Voici la page suprême que le chantre d'Elvire consacra au chansonnier de Lisette :

« Le 17 juin sera une date pour la France !

» Ce fut le jour où, dans des funérailles aussi grandioses et plus unanimes que celles de Mirabeau, la France ensevelit son poète favori dans la personne de Béranger, et où elle parut tout à coup ressusciter elle-même avec tout son cœur national et tout son esprit public.

» Dans la capitale seule, cinq cent mille amis tressaillent au premier glas d'une cloche de faubourg qui leur annonce le dernier soupir d'un homme de gloire et d'un homme de bien.

« La nouvelle de sa mort se répand de bouche en bouche, depuis le palais jusqu'à l'échoppe, dans tous les quartiers de Paris.

» Aussitôt la vie publique et la vie privée paraissent suspendues dans une vaste capitale.

» Le bruit tombe, le travail cesse dans les ateliers.

» L'ouvrier, sur le seuil de sa porte, accoste le passant et lui demande avec des larmes dans la voix, s'il est vrai que Béranger soit mort.

» Un serrement de cœur universel oppresse cette multitude ; elle n'a rien à redouter personnellement, elle n'a rien à espérer de cette respiration de moins dans la poitrine d'un vieillard, au milieu de cette respiration immense et éternellement renouvelée de tout un peuple : n'importe, elle donnerait un des morceaux de pain de la famille pour que cet homme, pour ainsi dire collectif, respirât un jour de plus l'air de la France !

» Elle l'aimait : l'amour est aussi une puissance !

» Elle apprend que ses funérailles auront lieu le lendemain ;

elle se promet de se trouver debout, chapeau bas, tout entière, dussent les rues être trop étroites, à la suite de son convoi, non pas pour que la famille du vieillard note la présence d'un million de visages anonymes dans le cortége, mais pour que le soleil la voie payer un tribut de conscience, de respect et de patriotisme à ce cercueil qui lui semble renfermer quelque chose de mort dans l'image de la patrie.

» C'est un jour ouvrable : le salaire d'un jour manquant, c'est un vide sur la table frugale de la famille de l'ouvrier ; n'importe encore.

» Elle sacrifiera volontiers le salaire d'un jour, au devoir pieux qu'elle s'impose pour chômer en l'honneur d'un inconnu.

» Elle fera plus, elle portera son deuil, comme si elle avait perdu un des siens.

« Une fouille dans les coffres de ses mansardes, pour y trouver la veste noire, le chapeau de feutre, le morceau de crêpe qu'elle réserve aux tristes solennités de ses propres convois ; elle les étale sur le lit, elle se promet de les revêtir en masse au lever du soleil, pour que la ville ait changé de couleur pendant cette triste nuit.

« Ce ne sera pas le deuil d'une maison, ce sera une nation en deuil !

« Pas un pavé qui ne porte un homme attendri, pas une fenêtre qui ne regarde passer en pleurant le char, pas un toit qui ne vocifère son cri d'adieu ou son acclamation d'amour ; pas un pan de ciel d'où ne tombe sur le suaire une pluie de couronnes d'immortelles, fleurs funèbres qui n'ont pour rosée que des larmes, et qui n'ont de parfum que dans le souvenir et dans l'éternité ! »

On ne prononça pas de discours sur la tombe de Béranger : il en avait manifesté le vœu avant de mourir, et ses amis le respectèrent religieusement.

Mais les lignes que je viens de recopier, en mouillant le papier de mes larmes, ne sont-elles pas une belle oraison funèbre ?

Le cercueil de Béranger fut placé dans la tombe de Manuel.

Voici comment le marbre funéraire élevé à la mémoire du député patriote que la Restauration avait fait empoigner par ses gendarmes et avait arraché des bans de la Chambre, était devenu le tombeau de son ami le chansonnier.

Manuel, qui était riche, avait laissé à Béranger un legs considérable.

Du legs de Manuel, Béranger n'accepta qu'une montre... et la moitié de son tombeau.

Béranger qui habitait alors la rue de Bondy, malade d'une fluxion de poitrine, n'avait pu suivre le convoi de son ami. Mais il lui consacra une de ses plus belles chansons, sous le titre de : *Le Tombeau de Manuel*, demandant pour lui un tombeau à la France.

C'est dans cette tombe, élevée au moyen d'une souscription nationale, qu'il devait trouver lui-même, trente ans plus tard, le repos éternel.

Que de fois je suis allée m'agenouiller devant la dalle de marbre sous laquelle reposent les dépouilles de Béranger et de Manuel !

Vous qui lirez ce livre, le jour ou quelque deuil ou quelque triste anniversaire vous conduira au Père-Lachaise, ne manquez pas de faire une pieuse visite à la tombe du chansonnier.

Vous la trouverez facilement, dans la partie méridionale de la grande nécropole, en suivant les sentiers qui redescendent vers le rond-point, tout près du tombeau du général Foy, dont la statue a été sculptée par David (d'Angers).

CHAPITRE XXIV.

Epilogue. — Le grenier de la rue Rochechouard. — Une fenêtre d'où l'on voit les choses de haut. — La saison des belles amours. — Les pierrots parisiens et le moineau de Lesbie. — La vieille Lisette, dont les jours sont près de finir, et qui n'a plus d'amour sur la terre.

Les années ont marché de nouveau, rapides, inexorables, emportant la trace des temps écoulés.

J'ai voulu charmer mon esprit, en le parfumant de ces fleurs qu'on appelle les souvenirs.

Hélas ! je me souviens d'avoir visité, au bras de Béranger, jeune encore, amoureux, enthousiaste, le salon de peinture de 1827, qu'il y a longtemps de cela, mon Dieu !

Ce salon était splendide. On y admirait le *Mazeppa* d'Horace Vernet, inspiré par le beau poème de lord Byron, mort à Missolonghi trois années auparavant.

Il y avait là les chefs-d'œuvre de Gérard, et les premières toiles d'Ingres.

Mais il y avait surtout deux charmants tableaux de Dubuffe.

Cela s'appelait *Souvenirs* et *Regrets*.

La lithographie a popularisé ces deux compositions.

Souvenirs — regrets ! toute la vie de la femme est dans ces deux mots : je parle de la femme qui a sincèrement aimé.

J'ai voulu revoir une dernière fois notre grenier, le grenier de la rue Rochechouart, ce grenier *où l'on était si bien à vingt ans*.

La maison, restaurée, rajeunie par de fréquentes couches de badigeon, existe encore et je la reconnais... mais dans le grenier je cherche en vain

Trois pieds d'un vers charbonné sur le mur.

On cite l'anecdote de cet Anglais qui, visitant la maison de la Halle où naquit l'auteur du *Misanthrope*, demanda au portier :

— Est-ce ici que demeure Molière ?

— Mossieu, répondit l'homme au cordon, il est possible qu'il y ait demeuré avant nous... mais il n'a pas laissé sa nouvelle adresse.

Dans la maison que je viens de visiter, on n'a gardé ni le souvenir de l'auteur du *Dieu des bonnes gens*, ni celui de Lisette.

Le grenier, — notre cher grenier, — est occupé par une ouvrière en lingerie.

Elle travaille toute la sainte journée, la pauvre fille, de huit heures du matin à dix heures du soir, et elle gagne un franc quarante centimes par jour.

La fenêtre mansardée est toujours la même ; c'est-à-dire, qu'elle a la même vue.

Les artistes qui veulent voir toutes choses de haut seraient admirablement ici.

C'est Paris à vol d'oiseau, avec ses édifices orgueilleux, ses grands dômes, ses flèches aiguës, son atmosphère épaisse, les mille bruits de ses rues populeuses, qui montent dans l'espace, et se confondent en un son indéfinissable.

Le démon, quand il voulut tenter le Christ, le transporta sur une haute colline, et lui montra le monde.

Le chansonnier, de notre petite fenêtre, avait pu embrasser d'un seul coup d'œil « la moderne Babylone », comme disait son ami Baour-Lormian, que les plaisants de la littérature appelaient « Balourd-Lormian. »

Cela ne l'avait pas tenté.

A plus d'un demi siècle de distance, je retrouve le grenier célèbre... un peu vieilli et ridé comme Lisette.

Le petit papier de tenture semé de roses, a été remplacé par un affreux papier jonquille. Le plafond à des lézardes ; le carrelage, que je tenais si propre, est plein de brisures.

La jeune ouvrière semble fort étonnée de ma visite.

— J'ai habité cette chambre, lui dis-je.

— Il y a longtemps ?

— Oh! oui, bien longtemps !

— La cheminée fume toujours.

— Je ne m'en souviens pas ; nous faisions si rarement du feu.

Il eût été plus vrai de lui avouer que nous n'en avions jamais fait.

— Vous avez peut-être logé ici pendant l'été, reprit la jeune fille.

— Oui, c'était l'été, alors, ou plutôt c'était notre printemps... La saison des belles amours.....

— Et des moineaux! fit l'ouvrière, avec un frais éclat de rire.

— Et des moineaux, repris-je ; il en venait beaucoup sur cette fenêtre, de notre temps. Mon ami et moi nous leur faisions partager notre pain quotidien.

— Il en vient toujours, ma bonne dame, gais, hardis, voleurs, et piaillant à qui mieux mieux, comme de vrais pierrots parisiens ; mais ce ne sont plus les mêmes.

— Hélas ! non, dis-je en soupirant, il y a beau jour que le moineau de Lesbie s'est envolé, et avec lui Catule son doux poète... Mais les moineaux d'aujourd'hui sont sans doute les petits enfants des oiseaux que nous avons nourris. Quand vous les verrez revenir, au prochain renouveau, souhaitez-leur longue vie et longues amours, de la part de la vieille Lisette, dont les jours vont bientôt finir et qui n'a plus d'amour sur terre.

FIN

Paris — Typ. A. PARENT, rue Monsieur-le-Prince, 29-31.

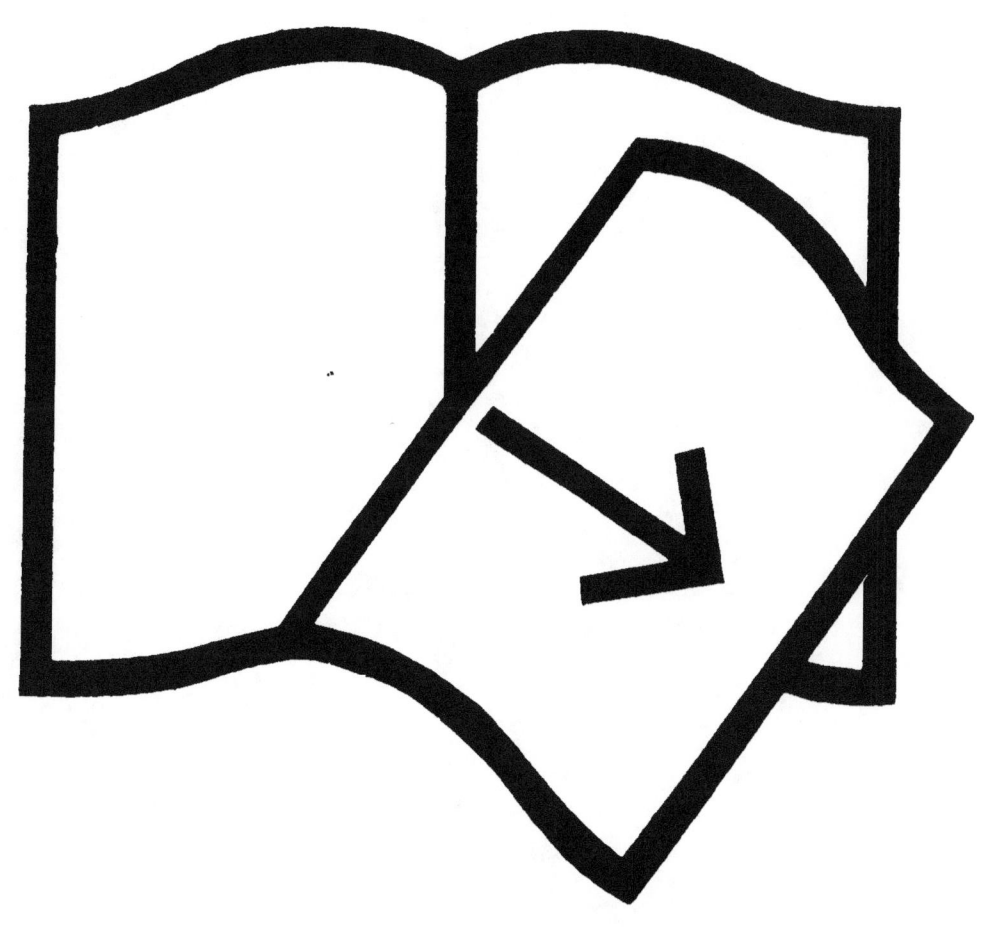

Documents manquants (pages, cahiers...)

NF Z 43-120-13

www.ingramcontent.com/pod-product-compliance
Lightning Source LLC
Chambersburg PA
CBHW051833020726
47502CB00005B/1759